極道大名

風 野 真 知 雄

幻冬舎時代小説文庫

極道大名

DTP　美創

目次

N
W
E
S
小石川
大川
鉄吉の縄張り
吉原
谷中
根津
上野
浅草寺
下谷
湯島
浅草
牛込
神田
牛島
本所
尾張藩徳川家上屋敷（市ヶ谷）
鶴亀楼
両国
両国橋
番町
内藤新宿
四ッ谷
麹町
江戸城
日本橋
八丁堀
深川
青山
京橋
永代橋
南町奉行所
木場
木挽町
築地
蛸屋の鉄吉一家
赤坂
芝口橋
佃島
六本木
増上寺
芝
麻布
丑蔵一家（浜松町）
久留米藩有馬家上屋敷（赤羽橋）
金杉橋
三田
芝浜
江戸湾
白金
丑蔵一家の縄張り
泉岳寺
高輪
品川

地図制作・河合理佳

第一話「やくざは子どもに好かれなくちゃな」

一

こと、やくざの世界に関してだが――。

江戸はこの十年近く、きわめて平穏だった。

かつて、日本橋で万五郎《まんごろう》一家が幅を利かせ、浅草の独眼竜の常《つね》や、芝の丑蔵《うしぞう》一家、深川の蛸《たこ》屋の鉄吉《てつきち》一家が互いにしのぎを削った時代は、まるで神々の物語ででもあったかのように過去のものとなった。

江戸湾の決戦以来、神田から日本橋、芝、品川までを縄張りにする丑蔵一家と、深川、本所、浅草、上野、本郷を縄張りにする蛸屋の鉄吉一家が、縄張りを守って、つまらぬ喧嘩沙汰《けんかざた》などはほとんど起きていない。

やくざがくだらぬ諍《いさか》いから遠ざかったため、

「任侠道復活」

という声も出ているほどである。

いま、芝の浜松町二丁目にある丑蔵一家の二階で、相談役のような立場にある有《あり》馬虎之助《まとらのすけ》が、二十人ほどの若い衆を前に、

「これからのやくざは、子どもに好かれるようにならないと駄目だ」

などと、説教を垂れていられるのも、江戸の平穏さが所以《ゆえん》かもしれない。

「ガキに好かれるんですか？」

子どもが一目見て泣き出しそうな顔をした若い者が、不満げに訊《き》いた。

「そうだ。しょせん、やくざは世のなかのはみ出しものだ。世のなかの屑だ。だからこそ、ちったぁ世のためになることもしなくちゃいけねえ」

「ええ。やってますよ、虎之助さん。みかじめ料を払っている店はもちろんですが、町の喧嘩の仲裁もかならず引き受けてますし」

「それはいいことだ。だが、やっぱり子どもに好かれるってのが大事なんだ。たと

えば、子どもにおめえは大人になったらどんな仕事がしたいかと訊いて、せめて十人に一人か二人は、やくざになりたいという子どもがいなきゃ駄目だ」

「大人になったらやくざにねえ」

若い者もそれは無理だろうというように首を傾《かし》げた。

「しかも、そう言ったとき、親からひっぱたかれたり、泣かれたりしないようにならないとな」

「ひぇえ。なりますかね、そんなふうに。おれのとこなんか、おれがやくざになったと言ったら、親兄弟はおろか親戚一同、三日三晩、泣き暮らしましたよ」

「それがやくざの不徳のいたすところなんだろうが」

虎之助がそう言うと、二十人ほどの若い衆は皆、たしかにそうだというようにうなずき合った。

「でも、虎之助さん。どうやったら、子どもに好かれるようになるんですか?」

「そりゃあ、いろいろあるさ。素手でクジラを生け捕りとかしたら、子どもの英雄だ」

「無理ですよ」

「牛の親子を腹の上に載せる」

「腹、つぶれます」

「千鳥ヶ淵の石垣の上から、下のお濠《ほり》に飛び込むか？」

「虎之助さん。手本を見せてくださいよ」

「そうだ。化け物退治も子どもは喜ぶよな」

「化け物なんか、どこにいるんですか？」

「ばあか。化け物退治ってのは、探すところから始まるんだ」

「探してるうちに、一生が終わりますって」

「あとはそうだな、すぐにできることとして、丑蔵一家の若い衆は、二の腕のところに子どもが好きそうな絵柄を入れることにするか」

虎之助は、自分の太い二の腕を撫《な》でながら言った。虎之助の背中の水天宮《すいてんぐう》は肩あたりまでで、二の腕はきれいなものである。

「子どもの好きそうな柄と言いますと？」

「金太郎みたいなやつかな」

虎之助がそう言うと、

「あ、あっしは金太郎にします」

「あっしも」

「じゃあ、あっしも」

次々と手を挙げた。

「ばあか。金太郎飴でもあるまいし、皆が皆、金太郎彫ったって、つまんねえだろうが。子どもだって飽きちまう。だいたい子どもってのは飽きっぽくて、いろんなものを見たいんだ。同じ模様は三人までだ」

「じゃあ、桃太郎」

「一寸法師」

「牛若丸」

「あっしは犬にします」

「あっしは鷹《たか》で」

ここまではすぐに決まった。だが、あと一つが出ない。まだ三人が決まっていないのに。

「なんかいいのはないですか？」

「ここは子どもに訊くのがいちばんだろう。おい、そこの小僧」

虎之助は、ちょうど前の道で遊んでいた子どもたちに、二階の窓から声をかけた。

そのなかで、いかにも生意気そうな子どもが、虎之助を横目で見て、

「なんでえ」

と、答えた。

「お前の好きなものはなんだ？」

「おいらの好きなもの？」

「ああ。なんでもいいぞ」

「団子。団子が好きだよ」

「団子か。よし、団子にしよう」

と、虎之助は手を叩いた。

「虎之助さん、勘弁してくださいよ。団子なんか彫った日にゃ、子どもに好かれるより、犬に喰いつかれるのが関の山ですよ」

若い衆は文句を言った。

「ばあか、団子をそのまま描くんじゃねえ。団子に目鼻をつけて顔にしてな、団子

義兄弟ってものにするんだ」

「団子義兄弟……」

「親の血を引く兄弟より、義兄弟のほうがずっと堅い絆で結ばれているものだぞ」

「いいですねえ。あっしはそれを」

「あっしも」

「あっしも」

すでに決めてしまった連中も、残りものに福があったかというように、悔しそうにした。

二

久留米《くるめ》藩主・有馬虎之助が、母方の実家である芝の丑蔵一家に顔を出したのは、ひさしぶりのことである。

国許の久留米から江戸にもどったのは、十日ほど前。

向こうの頼みごとを、こっちに来て伝えたり、出入りの商人と打ち合わせをしたりで、なかなか暇が持てなかったのだ。

幸い、国許の政《まつりごと》は、きわめてうまくいっている。

もともと久留米の地は、肥沃なうえに温暖な気候で、秋の颶風《ぐふう》さえ気をつければ、一年のうちに麦と米が収穫できる。だから、表高は二十一万石でも、実質はその倍である。しかも、酒とみかんは江戸や大坂でも売れる名産品になっている。

久留米藩は豊かなのである。

だから、下手に寒冷地の五十万石などに移されるよりは、いまのほうがずっといいのかもしれない。

しかも、虎之助はいま、隣の柳河《やながわ》藩十万九千石の藩主・立花鑑任《たちばなあきたか》を手なずけていて、ほとんど子分にしようとしている。ここが子分同然になれば、久留米藩は海につながることになる。

すると、どうなるか。

密貿易がやれるのである。

これは莫大《ばくだい》な儲《もう》けを生むだろう。以前、馬の駆け比べで大儲けを企んだが、密貿易の儲けはそれを上回るはずである。

そんなわけだから、虎之助はこの十年近く、将軍の座を狙って、日々、動き回ってきたのだろうか——。

ところが、そうでもないのである。

有馬虎之助にしては、意外なくらい、おとなしい年月だった。

稀代の風雲児、天下無双のろくでなしである有馬虎之助は、なにをしていたのか？　徳川幕府をつぶし、将軍にのし上がるという野心はどうしたのか？

じつは、綱吉《つなよし》は暗殺されたのではないか、その下手人は久留米藩の有馬虎之助則《のり》維《ふさ》ではないかと、嫌疑をかけられ、迂闊《うかつ》な動きはできなくなっていたのである。

嫌疑をかけたのは、六代将軍家宣《いえのぶ》の側近、新井白石《あらいはくせき》。

これがまた、剃刀《かみそり》に車をつけたような切れ者なのである。

「世のなかに、あんなに頭が切れるやつがいるんだな」

と、虎之助が腹心の町太《ちょうた》に述懐したこともある。

白石が虎之助を訪ねて来たのは、綱吉が死んで二年ほどしてからだろう。

虎之助が国許から江戸にもどったときにやって来て、

「常憲院《じょうけんいん》（綱吉）さまが亡くなられた夜、有馬さまは柳沢吉保《やなぎさわよしやす》さまの屋敷におられましたな？」

と、訊いたのである。

白石とはよくつけたもので、白い石灰岩を彫ってつくったような顔をしている。からかおうが、脅そうが、表情をぴくりとも動かさない。

「なにゆえにそのようなことを申すのだ？」

虎之助が訊き返すと、

「常憲院さまの死因に、重大な嫌疑がございまして」

と、言ったものである。

むろん、虎之助は言質《げんち》を取られるようなことは言わない。その場は、のらりくらりとすっとぼけて言い逃れた。

だが、新井白石が、虎之助の綱吉暗殺を疑っているのは明らかだった。

白石が綱吉の死に疑いを持ったきっかけは、正妻の信子《のぶこ》がまもなく後を追うように亡くなったことだったという。大奥の身分が軽い女中たちのあいだで、信子の自裁の噂が流れたらしい。

だが、綱吉と信子の仲は冷え切っていた。殉死などするはずがない。自裁して果てるのはおかしいと。

では、信子の性格からして、良心の呵責《かしやく》に耐えられないことがあったのではないかと推察した。

確かめてみると、当夜、綱吉は柳沢吉保の屋敷を訪ねている。それは珍しくない。綱吉はしばしば神田橋御門内の柳沢の屋敷を訪れていた。

だが、この晩綱吉は身体の調子が悪く、早々と城へもどってしまったという。

「違うのか？」

そこまで説明した新井白石に虎之助は訊いた。

「常憲院さまは、大奥で亡くなられました。だが、お付きの者たち数十名は、柳沢さまの屋敷で亡くなっていました。上さま薨去《こうきよ》の報《しら》せを聞き、殉死したというのです」

「立派なものよのう。わしなど死んでも、おそらく殉死するのは飼い犬くらいだろうな」

虎之助の冗談に、白石はにこりともせず、

「では、常憲院さまを誰が大奥へお連れしたのでしょう？」

と、訊いた。

「それは簡単だ、新井」

と、虎之助は言った。

「ほう」

「上さまは、一人で歩いて帰ったのだ」

「そんな馬鹿な」

「馬鹿なではない。飲み過ぎて気分が悪くなったとするぞ。新井は、家来をぞろぞろ連れて、すぐ近くまで駕籠《かご》に乗って帰るか？　風に当たりながら、一人でさっさと愛しい女が待つところに帰るだろうが。それといっしょ」

虎之助は断言した。

「そのとき、有馬さまは？」

と、新井白石は訊いた。

柳沢の屋敷にいなかったとは言えない。おそらく白石は、虎之助が柳沢邸にいたことの確証を得ているのだ。それをしらばくれても、嫌疑は深まるばかりだろう。

「わしは、柳沢さまのお屋敷の控えの間で、お二人の用件が終わるのを待っていた。

ほら、あのお二人はたいそう仲がよろしかったから。あんな爺《じい》さん同士になっても」

　虎之助が思わせぶりな調子で言うと、

「むふっ」

　白石は少し顔を赤らめた。石灰岩の上に桜の花びらが落ちたように見えた。真面目で頭は切れるが、いささか初心《うぶ》過ぎるところがあるらしい。こういう御仁をからかうのは面白いのだが、白石は突っつかないほうがいいだろう。

「失礼なことをお訊《たず》ねしますが、有馬さまは大名でありながら、やくざでもあるという話も聞いたのですが？」

　白石は逆襲してきた。

　やくざだからこそ、将軍暗殺などという無謀なことができたのでは、と言いたいのだろう。

「ああ、昔な」

　と、虎之助は遠い目をして言った。

「昔？」

「わしの母方の祖父が、やくざというか、俠客《きょうかく》でな。その家に行ったりしているうち、ちょっとだけぐれてしまった。なあに、若い者にはよくあることだろうが」

よくあるが、ぐれるにも程度というものがある。

虎之助の場合、程度をはるかに逸脱した。

「では、いまは？」

「もちろん、やくざなんかやっておらぬ。ま、俠客っぽいとはよく言われるが、それは褒め言葉として受け取っているよ」

「…………」

新井白石は、このときはついに虎之助の尻尾を摑《つか》むことはできなかった。

だが、その後も虎之助を見張りつづけているのもわかっていた。

このため、虎之助はここ数年、国許ではともかく、江戸では目立つふるまいを控えていたのである。

三

虎之助は、芝の丑蔵一家から三田赤羽橋の上屋敷にもどって身なりを整えると、千代田の城へと赴いた。

将軍はすでに、六代家宣が亡くなり、まだ八歳の七代家継《いえつぐ》になっている。

その幼将軍に、国許からもどった報告にやって来たのだ。

来る前に、丑蔵一家の若い衆に、「やくざは子どもに好かれるくらいになれ」と説教したが、じっさい虎之助は、幼将軍の家継にもたいそう好かれていた。

虎之助のどこが気に入ったのかは、よくわからない。が、将軍宣下《せんげ》の儀式の際、初めてお目見えしたときから好かれた。その後、何度かお相手をし、昨年、久留米に赴くとき、挨拶に伺うと、

「家継もいっしょに行く」

と大泣きされて、厠《かわや》に行くふりをして、城から抜け出たほどだった。

この日も、一年ぶりに顔を見せると、

「あ、虎ではないか。虎、虎」

と、ほとんど愛犬に接するような調子で、駆け寄って来た。

また、この家継が素直で、聡明で、じつに可愛いのだ。この将軍が相手だと、虎

之助も毒気を抜かれ、急いで姦計《かんけい》を繰り出す気にもなれず、

——まあ、ゆっくり副将軍になるくらいでもいいか。

とさえ思ってしまうのだ。

「はい、はい、虎でございますよ」

われながら、愛玩犬になったような気がしながら、将軍家継を抱き上げたりした。

「まあ、上さまったら」

わきで、御母堂の月光院《げっこういん》が嬉しそうにする。

「虎、余は寂しかったぞ」

「虎之助も同様にございます。さ、さ、虎の背中にお乗りなさいませ。虎が千里を走るような速さで、駆け巡りますぞ」

「わかった。よし、走れ、虎」

家継が背中に掴まると、

「がおーおおお」

虎之助は、吠えながら、ものすごい速さで、お城の中奥を駆け回る。

「ひゃあ、虎、すごい速さだ」

「上さま。しっかり摑まっていないと、後ろに吹っ飛んでしまいますぞ」

「わかっておる。大丈夫だ」

中奥を一巡りすると、今度は裸足《はだし》で庭に跳び下りて走った。

月光院やお付きの武士も、止める暇がない。あまりの目まぐるしさに、おろおろするばかりである。

「がぉおお。お城の濠もひとっ跳び！」

二間（およそ三・六メートル）ほどもある池を跳び越えた。

「うわぁあ」

家継が叫んだ。

虎之助は将軍だろうが、そこらのガキだろうが、手加減などいっさいしない。家継は同じ歳の子と比べても目方が軽いから、虎之助の襟を摑んだまま、ほとんど宙に浮いてしまっている。

もう、月光院や中奥の茶坊主たちも、怪我をしないかとひやひやである。

だが、家継は、

「ひゃあ、面白い！　虎、もっと走れ、もっと跳べ」

と、大喜びである。

虎之助はさんざん庭を駆け巡って、ようやく、

「ああ、虎も疲れました」

と、止まった。

すると、虎之助の襟をがっちり摑んでいた家継は、虎之助の着物のなかを覗《のぞ》いたらしく、

「虎。背中に変な絵が描いてあるぞ」

と、驚いて言った。

「ああ、それは絵ではなく、彫物というものですよ」

虎之助は慌てたりすることもなく言った。

「女の人か?」

「水天宮と言いまして、有馬家が代々拝んでいる神さまなのですよ」

虎之助は自慢げに言った。

じっさいには、水天宮は神社の名で、そういう神さまはいない。

だから、菩薩とも弁天とも見紛うこの神さまは、虎之助の要望というか、脅しに

応えた彫師の創作物なのだが、虎之助の背中ではどうも実在する女神となって定着してしまったらしい。

「いいなあ」

と、家継は無邪気な声で言った。

「いいでしょう。虎はこの神さまを背負っているから、いつも元気で無事なのです」

「余も描いてもらいたいなあ」

「上さま。だから、これは描いたのではなく、彫ったのですぞ」

「彫った？　背中を？」

「そう。彫るといっても、鑿《のみ》などで削るわけではありません」

「そんなことをしたら血が出るぞ」

家継は顔をしかめて言った。

「そうです。だから、彫るかわりに、太い針でぷつぷつと少しずつ穴を開け、そこに色絵具を入れていくのです」

「うわぁあ、痛そうだな」

「痛いなんてもんじゃありませんぞ。大の男が歯を食いしばって、脂汗を流しながら我慢するくらいですから」

「余も我慢する。余は我慢強いぞ」

「そうですか。ただ、上さまはまだ子どもで、これからお背中もどんどん大きくなります。いま、彫っても、かたちが歪《ゆが》んだりしますから、彫るなら大人になってからですな」

どこの世界に、将軍に彫物を勧める大名がいるだろうか。

「そうか。楽しみだなあ。なんの絵柄にしようかな」

「上さまなら、やはり東照宮さまでしょうな」

「それもきれいな女か?」

「いやいや、苦虫を嚙みつぶしたような顔の、いかにもケチで、人の悪そうな爺いの神さまですよ」

こんな話はとても幕閣などには聞かせられない。

だが、いま、二人は庭のいちばん端にいるのだ。

「そんなのは嫌だ。余も、虎のようなきれいな女がいい」

「女ですか。上さまもけっこうお好きなようですな。ちなみに、おっぱいは大きいほうがいいですか、小さいほうがいいですか？」

「それは、大きいほうがよいだろう」

家継は頬を赤らめて言った。

「わかりました。それでは、虎が、美人でおっぱいの大きな神さまを見つくろっておきましょう」

「む。頼んだぞ」

そこへようやく、月光院や側近の間部《まなべ》詮房《あきふさ》や新井白石などがやって来た。

「母上、楽しかった」

月光院に抱きついて、家継が言った。

「よかったですね、有馬どのに遊んでいただいて」

「うん。余は、虎が父になってくれるといい」

「まあ」

「間部より虎がいい」

「…………」

月光院だけでなく、周囲の者は皆、凍りついたようになった。

側用人の間部詮房と月光院には、よからぬ噂がある。それはそうだろう。女人禁制の大奥に、一人、間部だけが自由に出入りしているのだから。

が、家継の言葉は、子どもの無邪気ゆえである。

「有馬さま、うまくやりましたな」

新井白石がそばに寄って来て、囁《ささや》くように言った。

「なにがだ？」

「上さまにあんなに慕われて。あれでは、わたしも、よほどの証拠を摑まないと、有馬さまを告発できませぬ」

「なに、馬鹿なことを言ってるんだ。それより、上さまにはできるだけ早くお世継ぎをつくっていただかないとな」

「そんな馬鹿な。まだ八歳ですぞ」

「早いか？　おっぱいの大きな女が好きだとおっしゃっていたぞ」

「それは、母上とごっちゃにされているのでしょう」

「そうかのう」

虎之助が自分の八歳くらいを顧みるに、充分、女を意識していた気がする。さすがにどこをどうしようとかは思わなかったが、それは稽古次第ではないか。

「だが、十歳過ぎたら大人だぞ。いまから、色っぽいのをあてがっておいたほうがいいのではないか」

「上さまと有馬さまをいっしょにすることはできないでしょうな」

と、新井白石は呆れたように言った。

そのとき、突然、

「ん？」

虎之助は立ち止まった。それから、身構えた。森に棲む虎が、次の爆発的な動きを始める前のように、静かな躍動感を湛《たた》えている。顔には不気味な縞模様が表れても不思議はないような、野獣の力が浮かび上がった。

「有馬さま。どうなされました？」

白石が驚いて訊いた。

「怪しい気配を感じた」

虎之助は吠えるように言った。

「この城に、変なのが潜り込んでいるのではないか？」

「そんな馬鹿な。この城は大勢の伊賀者が日々、見張りつづけています。曲者《くせもの》など、鼠《ねずみ》一匹入り込むことはできません」

「怪しい気配？」

白石は断言した。

「そうかのう。中奥から大奥まで、わしに調べさせてもらえぬか？」

と、虎之助は頼んだ。

親身な気持ちからである。家継の身が心配になってきた。

「中奥はかまいませんが、大奥はお断りします」

「だが、わしは大奥のお女中たちには気に入られているぞ」

「だから、なおさら駄目なのです。あそこの女中どもは、有馬さまに手なずけられているようなので」

「そうかね」

おそらく白石の追及からもかばってくれたのだろう。

——やっぱり、おれが大奥のあるじにならないと、まずいんじゃないのか。

虎之助は、内心、ほくそ笑んだ。

それはともかく、さっきの気配は確かめなければならない。

虎之助はゆっくりと本丸の縁を歩いた。本丸全体は、高台になっていて、縁は石垣、下はお濠である。

縁のところは、多聞櫓《たもんやぐら》で囲われているところもあれば、かんたんな柵と植栽になっているところもある。

その植栽のあたりで足を止めた。

「これは？」

「どうなさいました？」

新井白石がついて来ている。

「ほれ、見よ」

躑躅《つつじ》の植栽の裏あたりで、枝が折られ、ちょうど人が入り込めるくらいの隙間ができていた。

「これは？」

「ここに潜み、さっきもわしらを窺《うかが》っていた」

「そんな馬鹿な」

すぐ後ろは、目もくらむほどの石垣の絶壁。下は蓮池濠《はすいけぼり》である。

ここに潜んだということは、この石垣を攀《よ》じ登って来たのか。

虎之助もそれは信じがたい。

――鷲《わし》や鷹が、巣でもつくろうとしたのか。

緑豊かな城のなかには、狸や狐が生息していることも確認されている。当然、鷲や鷹も来ているはずである。

このときは、そう思った。

四

それからふた月ほど経っている。

三田赤羽橋の藩邸の庭で、虎之助は愛犬のうしと、相撲を取って遊んでいた。そのわきでは、元相撲取りの海ケ風呂《うみがぶろ》が、四股《しこ》を踏んでいる。

怪物たちの休暇。

とでも言おうか、この世離れした光景である。

と、そこへ――。

早坂町太郎《はやさかちようたろう》こと、町太が近づいて来て、

「殿。丑蔵一家で異変が」

と、告げた。

町太は、正式に久留米藩士・早坂町太郎となり、石高二百石を頂戴する身分になっている。幕臣なら、旗本といえるくらいの厚遇である。もっとも、根っからのやくざであることは虎之助と同様で、羽織の袖にはつねにつぶてをいくつか隠し持っている。

「異変？　なんだ？」

うしの下になりながら、虎之助は訊いた。

「若い衆が三人、何者かに殺されました」

「ふうむ」

うしをなだめながら、立ち上がり、

「出入りか？」

と、訊いた。

「違います。夜、二人は両国で、もう一人は日本橋で」

「同じ夜か？」

「三日前の同じ夜だそうです」

「偶然じゃねえな」

「ほかになんかありません」

「殺された三人は、腕に団子の彫物を入れてました」

「なんだと」

虎之助は、詳しい話を聞くために、浜松町二丁目の丑蔵一家に向かった。

ちょうど葬儀の最中だった。

「虎。来てくれたのかい？」

虎之助の母で、丑蔵一家の親分でもある辰《たつ》が喪主を務めている。

「やったのは？」

虎之助は訊いた。

「わからないんだよ。うちはいま、どことも揉めごとは起こしていないし、しかも縄張りのなかのことだよ。丑蔵一家の若い者と知ってて、誰がこんなことする？」

早桶のなかの遺体を見た。

いずれも胸を一突きされている。

腕にはなるほど、目鼻がついた団子が三つ、串にささった図柄が彫られている。

「誰かいっしょにいたのか？」

「ちょっと、いっしょにいたのを呼んどくれ」

辰は、わきにいた若い者に命じた。

若い衆が二人、申し訳なさそうな顔で虎之助の前に座った。

片方は、両国橋西詰の広小路に近い細道で、殺された二人といっしょに歩いていたという。

「やった者の顔は見たのか？」

虎之助は訊いた。

「いいえ。あの晩は真っ暗で、風も強く、提灯《ちょうちん》も使えねえくらいで。二人が急に変な声を上げたと思ったら、刺されて死んでました」

「真っ暗闇でか？」

「誰かがぶつかって来たとかいう気配もなかったんです」

「槍《やり》か」

と、虎之助は言った。

とすると、武士のしわざか。だが、両国も日本橋も、武家屋敷は少ない。

「人けもほとんどありませんでした。せいぜい座頭が流していたくらいで」

「座頭か」

座頭にこれだけの殺しの技は無理だろう。

「真っ暗で、お前は無事で、団子の彫物を入れた二人だけが殺されたのか？」

「はい」

虎之助はもう片方を見た。

「あっしもまったく同じです。日本橋の通り一丁目側のたもとあたりを歩いていたら、あいつは急に倒れたのです。最初はふざけてるのかと思ったくらいです」

「周囲に人は？」

「そりゃあ、まあ、日本橋の近くですから」

「酔っ払いだの、いろいろいるわな」

「ええ。闇のなかでも槍なんか突き出したら、誰かは気づいたはずなんですが」

「ふうむ」

なぜ、団子義兄弟で狙われなければならないのか。

だが、ほんとうに団子義兄弟が殺された理由だったら、虎之助のせいである。あのとき、団子の彫物にしろなどと言い出さなかったら、こいつらは殺されることもなかったのだ。

「おれが仇を討ってやるからな」

虎之助は葬儀の席で誓った。

五

三日ほど、虎之助は町太とともに、殺された三人の周辺を嗅ぎ回った。だが、殺されるような理由はまったく浮かび上がって来ない。
四日目に――。

虎之助は南町奉行所の同心・境勇右衛門《さかいゆうえもん》を呼び出した。

「よう、虎之助さん。久しぶりだ」

境は嬉しそうにした。

「あんたこそ、しばらく吟味方のほうに行ってたんだろうが」

「そうなんだよ。やっぱり内勤てえのは肌に合わないね」

「だろうな。だが、吟味のほうも経験して、市中見回り方じゃ筆頭同心になったらしいじゃねえか」

「もう聞きつけたのかい？　相変わらず早いね」

と、境は感心した。

「そりゃあ、そっちには耳を傾けているからね。昇進祝いといこうじゃないの」

「いいよ、そんなもの」

「馬鹿言え。おれの気持ちだ」

「そうか。じゃあ、一献、馳走《ちそう》になるか」

「ああ」

奉行所からも近い尾張町にできた京料理の店。

本膳、二の膳、三の膳まで出る。

「ほう。豪勢なもんだね。有馬家の御用達かい？」

「おれじゃねえ。家老の有馬多門《たもん》がよく使うんだ。あの爺《じじ》い、舌だって耄碌《もうろく》しているくせに、こういうところが大好きなんだ」

気取った料亭でうまいものを食わせ、歌の一首も捧げようものなら、おなごは誰でもいちころなのだそうだ。まったく、たいした爺いなのである。

「だが、あのしたたかな爺さんのおかげで、虎之助さんはどれだけ助かったかわからないぜ」

「まったくだ。まあ、祝いの一献」

二人は酒をあおった。

久留米の酒である。二升太夫《にしょうだゆう》こと梅香《うめか》が手塩にかけて、灘や伏見の酒にも負けない名酒を完成させた。

「うまい酒だね」

「うまいだろ」

「ところで、おいらの昇進祝いは二の次だろ？」

と、境は言った。虎之助が二十歳《はたち》になる前からの付き合いである。裏の思惑まで、ちゃんとわかるのだ。

「二の次は言い過ぎだが、ほかに訊きたいことはある」

「なんだね？」

「団子にまつわる殺しとか、三人いっしょに殺されたとかって話は、町方に入ってないかい？」

虎之助がそう訊ねると、境の顔色が変わった。

「虎之助さん。それは誰に訊いた？」

「やっぱりあったのかい？」

「じつは、渡り中間《ちゅうげん》の筋から入って来た話で、おれたちも、よくわからねえんだ」

「侍か？」

「そう。赤坂の旗本屋敷さ。三人殺されたうちの一人は、旗本の当主らしい。しかも、三人とも首を切られ、それを槍で突き刺して、団子のようにしたらしいのさ」

「なるほどな」

当然、旗本は病死扱いとされ、誰かが跡目を継いでいるはずである。

となると、目付のほうも動いていない。闇から闇に葬られるかもしれなかったのだ。

「旗本は、おそらく屋敷で賭場を開いていた」

「ああ」

よくある話である。

旗本の屋敷にある中間部屋では、かならずと言っていいほど、博打《ばくち》がおこなわれている。だが、屋敷のあるじまで加わっている例は滅多にない。

「あとの二人が、客だったのか、旗本の手下みたいなやつだったのかは、よくわからねえ。ただ、中間ではなかったみたいだ。丑蔵一家の連中でもねえだろう？」

「ああ、そっちは違う」

「そっちは？」

「順に話すよ。まず、赤坂の屋敷のほうの殺しは、博打の恨みだな」

と、虎之助は言った。

「だろうな」

「巻き上げられ、怒って、あるじと手下二人を殺したんだ」

「首の串刺しは？」

「いかさまの仕返しだろうな」

「え？」

「そういういかさまがあるのさ。盆茣蓙《ぼんござ》の下に仕掛けがある。椀を伏せたところの下が外れて、薄い布から出目が透けて見える。それを針で突っついて、都合のいい出目に直すのさ」

「そんなのがあるのか」

「ああ。仕掛けさえつくれば、あとは団子を刺すみたいにかんたんだ。〈団子刺し〉って名前がついてるよ」

「ほう」

「それで、このあいだ、丑蔵一家の若い者が三人、殺されちまった」

と、虎之助は言った。

「そうなのか」

騒ぎがあったわけではないので、町方も把握していなかったらしい。

「殺された三人は、二の腕に団子の顔が串に刺さった図案の彫物をして、自慢げに見せて歩いていた」

「なんでまた？」

「子どもに好かれようってわけさ。ところが、それを見たやつは、その赤坂の賭場の殺しの下手人だと当たりをつけた」

「やくざは、嫌疑をかけられやすいしな」

「たぶん、旗本といっしょに殺された連中の仇討ちだったんだろうな」

「なるほどな」

「団子刺しのほうの下手人、それに丑蔵一家の若い衆殺しのほうの下手人。ここまでわかれば、どっちも洗い出すのはかんたんだ」

「仕返しをする気かい、虎之助さん？」

「うちの若い衆三人の仇は、なんとしても取らないと、しめしがつかねえ」

虎之助はきっぱりと言った。

決意の固さを感じたらしく、

「うまくやってくれよ。おいらも、できるだけ目をつむっているからさ」

境はそう言ってくれ、

「大丈夫。あんたに迷惑はかけないよ」

虎之助は境に微笑《ほほえ》んだ。

六

中間たちの博打がらみとわかれば、あとの調べは丑蔵一家のお手のものである。赤坂の旗本屋敷で賭場が開かれているといったら、寄合の柴田六七郎《しばたろくしちろう》のところだろうと、すぐに当たりがついた。しかも、あるじは最近、亡くなったばかりで、十八の倅《せがれ》が跡を継いだというから、間違いない。

そこで、丑蔵一家の駕籠屋のほうで動いてもらい、柴田六七郎の賭場で、このところ負けが込んでいるやつを調べた。

丑蔵一家の駕籠屋稼業は、この七、八年でますます大きくなり、いま、江戸中の大名屋敷や旗本屋敷に、五百人を超す駕籠かきを豪華な駕籠付きで入れている。このほか、江戸を流す四つ手駕籠を四百丁持って、担ぎ手を八百人ほど雇っている。

その大名や旗本の屋敷に入っている駕籠かきは、中間の仕事も兼ねていて、虎之助はそちらの陰の支配者でもある。

なお、虎之助は火消しの鳶《とび》も雇っていて、こっちは二百人ほどが、屋敷のなかや周辺に住んでいる。すわ火事となれば、有馬火消しとして、消火に尽くすのだ。

これに丑蔵一家の子分を入れると、虎之助はいざとなれば藩士以外に二千五百人の荒くれ男たちを動かすことができるのだ。

かつて、虎之助は柳沢吉保に、

「いざとなれば二千人を動かせる」

と、大ぼらを吹いたが、いまやほらではなく、正直そのものの話になったのである。

柴田六七郎の賭場についての返事もすぐに来た。

「虎之助さん。お訊ねの件ですが、柴田屋敷の賭場で負けが込んでいたのは、矢崎《やざき》四郎右衛門《しろうえもん》という西久保神谷町に住む旗本に違いないとのことです」

と、駕籠屋部門を番頭として取り仕切る、球磨蔵《くまぞう》が言った。

「どれくらい負けてるんだ？」

虎之助は訊いた。

「八百両です。うち四百両で旗本の身分を売る約束ができていたそうです」

「馬鹿が止まらなくなったんだな」

「どうします？　こっちで始末して、海にでも沈めましょうか？」

球磨蔵は、親孝行の企画でも提案するみたいな調子で言った。豪華絢爛《けんらん》たる黒塗りの駕籠に乗せ、適当なところで突き殺し、そのまま海に捨てて来るなどというのは、お茶の子さいさいなのである。

「いや、いいんだ。その野郎から聞き出したいことがある。赤羽橋の藩邸のほうで賭場を開いているからと、その矢崎ってえのを引っ張り込んでもらいてえ」

「お安い御用でございますよ」

と、球磨蔵はうなずいた。


その三日後──。

赤羽橋の久留米藩邸の裏口から、矢崎四郎右衛門が入って来た。

まだ二十四、五くらいの若者である。

「有馬さまの屋敷じゃ、凄い博打をやってますぜ」

との渡り中間の言葉につられ、のこのことやって来たのである。

矢崎四郎右衛門が博打の魅力に嵌《は》まったのは、意外に最近のことである。いっきにのめり込み、わずか半年で八百両も負けた。

きっかけは、子どものころから励んだ剣が、役職を得るのになんの効力も発揮しない事実に気づいたことが一つ。

もう一つは、父母が理由も告げぬまま、突如、心中してしまったこと。心中と言うべきかどうかわからないが、互いに白装束に身を包み、父が母の喉を突き、自分は腹を切ったのだから、やはり心中だったのだろう。

だが、あんなものはこの世で添い遂げられないという男女がすることで、すでに夫婦だった二人がするとは、誰も思わない。

いったい、なにがあったのか。

ある者は、妻が不実を働いたのではないかと言い、ある者は夫が不治の病に取りつかれたからではないかと言った。

一人残された矢崎四郎右衛門は、皆目、見当がつかなかった。

こうしたことから、気を紛らすために博打に手を出し、抜けられなくなった。

加えて、柴田六七郎屋敷の賭場に出入りしたのは失敗だった。あるじぐるみのいかさまに嵌められたのだ。

だが、どうにか気がついた矢崎は、柴田に対して激昂し、柴田が借金をちゃらにすることもできないと居直ったので、一刀のもとに斬った。同時に、いかさまを手伝った二人も切った。

ただ一太刀。

三人の首を一太刀で斬り落とした腕前に、自分でも驚いた。熱中した剣術は無駄ではなかったし、なぜ、これほどの腕前があるのに役職を得られないのか、不思議でたまらなかった。

落とした三つの首は、串を使ったいかさまへの見せしめとして、長押《なげし》にあった槍で串刺しにして、床の間に飾って来た。

屋敷の者たちは、さぞや仰天しただろう。

――もう、怖いものはない。

と、矢崎は思った。

思い切って勝負をかけ、大金を得たら、遊んで暮らす。そういう生涯を送りたかった。

久留米藩邸の博打部屋は、中間の長屋ではなかった。ふだんは客の接待に使うような、豪華な離れだった。

床の間がある二十畳ほどの部屋では、盆茣蓙が置かれ、花札の丁半勝負がおこなわれていた。その隣の十畳間では、五人の荒くれ男たちがどんぶりにサイコロを転がす博打で熱くなっている。

そのうちの一人で、背中に色っぽい女の神さまらしき彫物をした男を指差し、

「ここの殿さまですぜ」

と、案内して来た渡り中間が言った。

「あれが？」

矢崎は呆れた。見るからにやくざである。大名の威厳も格式も感じられない。

「ここの殿さまは、ちっと変わってるんです」

「変わってるどころじゃないな」

いわゆるぴん転がしという博打である。順番にサイコロを転がし、ぴんを出したところで、賭けてあった銭を総取りできる。

「よし、来た!」

 藩主が喜んで吠えた。かなり熱くなっている。それもそのはずで、賭けているのは小判である。

「ほんとに凄いな」

「やりますか？」

「ちと待て、軍資金が」

懐を見た。小判は三枚しかない。三度回れば無くなる。そのあいだに勝てばいいが、勝てなければそこで没収される。

「この刀を質屋に持っていけば、五十両は下らぬのだが」

堀川国広《ほりかわくにひろ》の名刀である。どんなに負けても、これだけは手放さずに来た。じっさい、このあいだ柴田六七郎と、手下二人を斬ったときも、惚れ惚れするくらいの切れ味だった。しかも歯こぼれ一つしていない。

「殿さまに訊いてみては？」

渡り中間が話を取り持ってくれた。

「この博打に加わりたいが、あいにく持ち合わせが足りぬ。この刀を担保に貸してもらえぬか？」

　矢崎の申し出に、久留米藩主は小さくうなずき、

「拝見」

　鞘《さや》から刃を抜き出し、じっと見つめた。

「よい刀じゃのう」

「堀川国広です。茎《なかご》をお確かめいただいてもけっこうです」

「いや、この光り具合を見ればわかる。近ごろ、血を吸っているな。一人、二人
……三人かな」

「…………」

　たいした慧眼《けいがん》らしい。

「百両出そう」

　と、藩主は言った。

「それはかたじけない」

「なあに」

　と、藩主は鷹揚《おうよう》である。

「では」

と、刀を預けようとすると、

「いや、もし、おぬしが勝ったら、そのまま百両で買い戻してもらうから、持っていればいい。武士は刀がないと、腑抜けになる」

なんとも太っ腹ではないか。

百両を手にし、矢崎四郎右衛門はさっそく博打に加わった。

ぴん転がしのほうである。この変わった藩主と勝負してみたい。

一両ずつ張る。六人だから、五度、ほかの五人にぴんが出なければ三十両になる。すさまじい博打である。こんな勝負はしたことがないから、矢崎は胸がどきどきしている。しかし、こんな爽快感も初めて味わう。

「よし」

五度目のサイコロで、矢崎はぴんを出した。

三十両が入ってきた。

さらにつづける。この日はじつについていた。矢崎はたちまち、百両を倍にしていた。

「ついてるな、おぬし」

と、藩主が言った。

「こういう日もある」

と、矢崎は言った。

そうは言ったが、これほどついている日は、いままで一度もなかった。ついにこの日がやって来たのだ。こういう日こそ、とことん勝ちにいくべきなのだろう。

「いま、二百両あるな。どうだ、一回、十両の勝負にしないか？」

藩主が、目をぎらぎらさせて言った。

「いいとも」

と、矢崎はうなずいた。

「十両は無理だ。おれは降りる」

と、二人が降りた。それで、四人の勝負になった。

一回で四十両が、どんぶりのわきに積み上げられる。

ぴんはなかなか出ない。

五回で二百両。まだ出ない。

この大勝負に、花札のほうでも勝負を切り上げ、皆、見物に来ていた。

十回で四百両。まだ出ない。

一個のサイコロに、何十人もの目が集中している。

「あーあ」

サイコロを一度振るたびに、歓声やため息が渦を巻く。矢崎もまるで歌舞伎役者にでもなった気分である。

二十回で八百両。まだ、ぴんは出ない。

「嘘だろう」

「こんなに出ないなんてあるかよ」

二十五回。矢崎の軍資金はなくなったが、あるじが特別に貸してくれた。積み上げた小判は、ついに千両。

矢崎は、サイコロを振るたび、胸が張り裂けそうになっている。

二十五回目のサイコロ。

「出てくれ！」

胸のうちで叫んだ。

どんぶりのなかに、赤い点が出た。

「出た！」

周囲がどよめいた。

「千両。わしのものか」

と、矢崎は震える声で言った。

信じられない。だが、夢ではない。視界いっぱいに、黄金の輝きが満ち満ちている。

これで、千両を入れるための箱が用意された。

これで、いままでの負けはすべて取り返した。売った旗本の株も、買い戻すことができるだろう。

ようやく運が巡ってきたのだ。

「今日はこれで終わりだ。たいしたもんだ、矢崎どの」

と、藩主は言った。

──おや？　わしは名乗ったか？

と、一瞬、思ったが、目の前の小判が細かいことを考える力を奪っている。

「いや、たしかに今日はついていた」

「柴田六七郎のところでは、ずいぶん負けたと聞いたが」

「あそこはイカサマをするのだ」

「そう。おれもその噂は聞いていた。矢崎どのが怒って、柴田をぶった斬るのも無理はない」

「その話をどこで？」

矢崎は少し不安になって訊いた。

「なあに、賭場のことなら、ぜんぶ、おれに筒抜けなんだ」

「そうなのか」

「柴田なんかどうでもいい。ただ、気になったのは、あんたがいっしょに斬った二人のことだ。どうも、そいつの仇を討とうとしたらしく、うちの若い者が誤解され、殺されてしまったんだ」

「そうなのか。だが、それはわしのせいではないぞ」

「もちろんだ。なにもあんたに文句を言うわけじゃねえ。ただ、うちの若い者の仇は討たなくちゃならねえ。その二人は、何者だったんだ？」

藩主は、矢崎の前にあぐらをかいて訊いた。

勝負が終わり、客はぞろぞろと帰り始めている。

「たぶん、やくざ者だと思う」

「やくざったっていろいろだ。一家の名前とかは言ってなかったか？」

「一家の名は言っていなかったが、内藤新宿に帰るとは言っていた」

「内藤新宿か。それだけわかればいい」

と、藩主はうなずいた。

「では、帰らせてもらうぞ」

「帰るんだったら、その千両と刀は置いてってもらうぜ」

藩主がうすら笑いを浮かべて言った。

「なんだと？」

「その千両はわざと勝たせてやっただけだ。一回くらい、博打の大勝利の喜びを味わわせてやろうと思ってな」

「わざとだと？」

「そう。ずっとぴんの出ないサイコロを使い、最後にぴんが出るサイコロを振らせてやっただけだ。わかったら、おとなしく帰れ」

「ふざけるなよ」

矢崎の胸に激しい怒りがこみ上げてきた。結局、自分は馬鹿にされただけなのだ。やくざの身元を聞き出すための猿芝居の道具にされたのだ。

もう、こいつを斬るしかなかった。

客のあらかたは帰り、ほかに数人いるだけだった。すべて斬り殺し、この千両箱を担いで逃げるとしよう。

まずは藩主。それから、わきにいる家来を二人、並べるように首を刎《は》ねてやろう。

間抜けなことに、この藩主は上半身をむき出しにして、刀すら帯びていない。

矢崎は、わきに置いた刀に手をかけ、電光石火の早業で、国広を抜き放とうとした、そのとき――。

いきなり眉間に、すさまじい衝撃が来た。

「ぐわっ」

刀を抜く腕が止まったところに、今度は顔面にこぶしが立てつづけに五、六発。

頭がふらつき、なにがなんだかわからない。

だが、藩主がこう言ったのは聞こえた。

「金蔵のわきに埋めてやる。あの世では、金に困らねえようにな」

「お疲れさまでした」

と、早坂町太郎こと町太が頭を下げた。

「なあに、町太のつぶての凄さを久しぶりに目の当たりにしたぜ」

「もし外したらどうしようと、ひやひやしてました」

「嘘つけ」

と、虎之助は笑った。

胸を一突きされた矢崎四郎右衛門の遺体が運び出されるのを見ながら、

「まだ、うちの若い者の仇は討ってねえぞ」

と、虎之助は言った。

「それについてですが……」

そう言ったのは、博打場をつくる手伝いに来ていた丑蔵一家の大幹部、槍の芳鉄《よしてつ》である。

「……この七、八年、平穏だった江戸のやくざの世界ですが、じつは気がかりなことがあるのです」

「ほう。新たな火種でもあるのかい？」

「ええ。この一年ほどで、内藤新宿で力をつけたやくざが、四ッ谷《よつや》から牛込《うしごめ》、市ヶ谷《いちがや》といったあたりを縄張りにしつつあるんです」

「新宿のやくざというと、馬喰八十吉《ばくろうやそきち》か」

と、虎之助は言った。

「それが、虎之助さんがこっちにかかわっていないあいだに、ちょっとした動きがありましてね」

「そうなのか」

「八十吉の具合はよくねえみたいで、先は長くねえだろうと」

「では、若頭は誰だ？」

「若頭ってほどの者はいなかったんです。ただ、八十吉には、お抱えの揉み治療をする野郎がいまして、これが知恵袋になっているみたいなんです」

「お抱えの揉み治療？」

「ええ」

「座頭か？」

「座頭の勝安《かつやす》というそうです。人呼んで、座頭勝《かつ》。もしかしたら、そっちに跡目を継がせるんじゃないかと」

「おい、うちの若いのが殺されたとき、真っ暗闇だったが座頭がうろうろしてたと言ってなかったか」

「あ、まさか……」

芳鉄も、疑わなかったらしい。

虎之助は、否がおうでも十年近くの歳月を思わざるを得ない。

辰も還暦が近い。

槍の芳鉄も老いて、持病のそこひが悪化している。

その芳鉄がつぶやくように言った。

「江戸のやくざたちが安閑としていられる時代は、そろそろ終わるのかもしれませんん」

七

正徳六年（一七一六）四月三十日（旧暦）――。

衝撃の報せが江戸中を駆け巡った。

七代将軍家継が、突如、亡くなってしまったのだ。

江戸在住の大名たちは、なにはともあれお悔やみを述べるため、江戸城に集結した。

本丸表は、それらの弔問客でごった返し、ただならぬようすで噂話をする大名たちの姿があちらこちらで見られた。

有馬虎之助もまた、お城に駆けつけて来た。

見かけた柳河藩の立花鑑任がそばに来て、

「おかしな亡くなり方だったそうです」

と、言った。

「病ではないのか？」

と、虎之助は訊いた。

「軽い咳はしていたそうです。それで、少し熱っぽいので、早めにおやすみになられたそうです。ところが、今朝、突如、苦しまれて、息を引き取られたと」

「毒だな、それは」

と、虎之助は断言した。

「有馬さまもそう思われますか」

「ああ」

と、そこへ、すでに平戸《ひらど》藩六代目の藩主となっている松浦篤信《まつらあつのぶ》がやって来た。

「松浦はどう思う?」

虎之助は訊いた。

「毒殺でしょうか?」

松浦篤信は、不安げに訊いた。

「間違いないだろう。騒ぐか?」

虎之助がそう言うと、

「いやあ、有馬さま、それはやめたほうがよいかと」

と、松浦が止めた。

「なぜだ？　そう思っているのは、おれたちだけではないだろう？」

それは明らかなはずである。あっちこっちで、ひそひそ話がおこなわれている。

「たとえ、そうであっても、毒殺だと騒ぐのは、不穏当に過ぎるでしょう」

松浦がそう言うと、立花もうなずいた。

子分格の二人に止められれば、虎之助も冷静にならざるを得ない。

「次の将軍には、誰がなる？」

と、虎之助は訊いた。

「お血筋がいらっしゃいますからな」

と、立花が言った。

「いたのか？　八歳で子どもが？」

だとしたら、家継もかなりの大人物だった。早熟ぶりは、虎之助をも凌駕したのか。

「家継さまの子ではありませぬ。大猷院《たいゆういん》（家光《いえみつ》）さまの孫で、松平清武《まつだいらきよたけ》さまが」

「へえ。そんなのがいたのかい」

そんなのという言い方に、立花と松浦は慌てて周囲を確かめた。

「だが、六代さまは、尾州公《びしゅう》を推薦なさっていたと」

と、松浦が言った。

「なるほどな」

「ただ、さっき耳にしたところでは、紀州公《きしゅう》という話もちらほらと出ているようです」

「紀州公？　吉宗《よしむね》か？」

「紀州の政を高く評価される方もおられるようです」

「馬鹿じゃねえのか。上さまを殺《や》ったのも、おれは吉宗が臭いと睨《にら》んでいるんだ」

「ええっ」

松浦と立花は顔を見合わせた。

毒殺は疑っても、まさか外部のしわざとは思わなかったらしい。

しかし、よく考えれば、幼将軍の代わりができる血筋の者は、周囲には一人もいなかったのである。

と、そのとき——。

月光院が虎之助をお呼びだと茶坊主が報せに来た。

「月光院さまが？」

虎之助は首をかしげながら、中奥へと伺候《しこう》した。

──まさか、おれが毒殺したと疑われているのか？

虎之助は、嫌疑をかけられやすいところがある。

月光院は、中奥の入口まで出て来て、しかも立ったまま、

「有馬どの……」

と、いまにも崩れ落ちそうになりながら、虎之助を迎えた。

「このたびは……」

虎之助も言葉を失っている。八歳の子を失った母に、かけられる言葉などあるだろうか。

「じつは、上さまが息を引き取られるとき、最後に、虎、と叫ばれたのです」

「虎、と……」

「おそらく、有馬どののことでございましょう。上さまは、有馬どのをたいそう気に入られ、頼りにしておられましたから」

「お苦しかったのでしょうか？」

「それは、もう。顔を歪められていましたから」

「虎と、お呼びになりましたか。上さまは、この有馬に助けて欲しかったのでございましょうな」

虎之助の胸に、可愛い家継の姿が浮かんだ。虎之助の背中にしがみついたときの感触も、背中の彫物に目を瞠《みは》ったときの顔も思い出した。

まさかこんなに早く亡くなるとは思わなかった。それなら、多少、痛い思いをさせても、背中に守り神を彫って差し上げればよかったのだ。

上さまには、胸の大きな弁天さまがお似合いだと、いずれそう上申しようと思っていた。

「虎之助の不覚でした！」

もっと警戒することはできたのである。

本丸に何者かが忍び込んで来ている気配はあったのだ。あのとき、やはり大奥を詳しく調べ直していれば……。そして、火の用心でもなんでも、無理やりさせてもらっていたら……。

この死は防げていたはずなのだ。

「ああ、上さま！　お守りできずに、申し訳ありませんでした！」

虎之助は、うずくまり、人目もはばからず号泣した。

それは、この稀代の極道者にとっても、生まれて初めてのことであった。

第二話「マジメな馬鹿は質が悪いぜ」

一

柳河藩主立花鑑任が摑んできた話によると、六代将軍家宣の正室だった天英院《てんえいいん》は、

「どうやら館林《たてばやし》藩主の松平清武公を推されたそうです」

とのことだった。

「松平清武ってのは、どういうやつだっけ？」

虎之助は、やつ呼ばわりである。

「腹違いですが、家宣さまの弟君ですよ」

と、いっしょにいた平戸藩主の松浦篤信が説明した。

「なるほどな」

江戸城内でも、次の将軍は誰になるかという噂で持ち切りである。ふだん城にはそっぽを向いている虎之助ですら、こうして登城して来るほどなのだ。

もちろん虎之助は、八代将軍になる気満々だが、得意の養子戦術もさすがに江戸城では通用しない。

「ただ、清武さまはお歳がかなりいっていて、すでに五十四におなりです」

立花鑑任は困った顔をした。

「長生きされるよりはましだろうが。いいではないか、その清武のじいさんで」

と、虎之助は言った。

虎之助は、意外にも年寄りと子どもには受けがいい。二十歳から五十歳くらいまでの男には、たいがい嫌われるか、怖がられるかである。

どうせ五十四にもなるまで沈んでいたくらいだから、たいした人物でないのはわかり切っている。そういうじじいに、間抜けな政をさせておいて、機会を見ていっきに天下盗りに動くというのは悪くない。

「ところが、清武さまは将軍の座には座りたくないとおっしゃっているそうです」

「将軍になりたくない？　なんでまた？」

と、虎之助は訊いた。

「清武公は真面目な方でして、というより、気が小さいのでしょう。将軍など自信がないとおっしゃっておられるそうです」

「謙虚だな」

虎之助は言った。

「そうですね」

と、立花鑑任はうなずいた。

「こういうとき謙虚なのは馬鹿なんだ」

「ははあ」

「だが、なまじ賢いのが上にいるより、おれたちにしたら、馬鹿が上にいたほうがいい」

「それはそうですよね」

と、松浦篤信も賛成した。

「だから、そこはなんとか説得しよう」

「どうやって？」

「好きなことはなんでもできると。清武の道楽は、やはりおなごか？」

「いや、おなごは正室一人に側室一人で充分だと。それ以上は身体がもたないと」

「正室と側室がよほど求めるのかな？」

「いや、当人に元気がないみたいです」

「うちの多門に見習わせたいな」

「いやいや、有馬さまにも」

松浦の言葉に、虎之助も立花も笑った。

「では、なにが道楽なんだ？」

「鈴虫の飼育と、下駄の鼻緒を集めることにはご執心です」

「鈴虫と、下駄の鼻緒？」

「なんでも鈴虫は、数千匹も育てるので、秋になるとやかましくて、風流どころじゃないらしいです」

「そりゃそうだろう」

「鼻緒のほうは、その世界では知られた店というのがあるんだそうです」

「へえ」

「京の西陣の鼻緒とかは、けっこうな値がするらしいです」

「それを履いて自慢するのか？」

「履きもしますが、買うときは必ずふた揃《そろ》い買うんだそうです。それで、一つは大事に履いて、もう一つは下ろさずに飾っておくそうです」

「まったく、綱吉と柳沢のガラクタ骨董にも笑ったが、今度のも笑えるな」

じっさい笑いながら、虎之助は言った。

「大名らしくないですよね」

虎之助の影響で吉原が大好きになった立花が言った。

「そりゃあ鈴虫食べたり、下駄の鼻緒で首くくるほうがまだましだぞ。ま、よい。とりあえずおれに話をさせてくれ」

「先ほど、黒書院に近いお部屋にいらっしゃいました」

「よし、行ってみよう」

向かう途中、徳川吉宗が隣の渡り廊下から、こちらをじいっと見ているのに気付いた。あのころからすると、ずいぶん視線が鋭くなっている。火花がぱちぱち弾けそうな目つきである。

だが、頭を下げたりなどしない。しらばくれて通り過ぎた。

いまから十年近く前、虎之助は紀州藩主になったばかりの吉宗を、ぼこぼこに殴りつけたことがある。

最初は、吉宗のほうから懐いてきたのだ。どうも虎之助が自分とよく似た気質で、同じような手法を使って成り上がって来たのだと思い込んだらしい。しばらくは懐かれるままにしていたが、あるとき、やくざを「人間の屑だ」と馬鹿にしたのを聞き、カッとなってしまったのだ。やくざが人間の屑だというのは認めるが、こんな卑劣なやつに言われたくないと、つい、腕力にものを言わせてしまった。

吉宗は、殺されると思ったらしく、泣いて謝ったのだが、さぞや屈辱として、心に残ったことだろう。

「有馬さま。紀州公が見てましたね」

と、立花鑑任が言った。

「わかってるよ。あの野郎は、おれがなにか気づくのではないかと、心配でしょうがないんだ」

「ほんとに紀州公が家継さまをやったのですか？」

と、松浦篤信が訊いた。

「間違いないな。あいつの得意技だぞ」

「紀州でもやってますからね」

「そうだよ」

「この城のなかでやれますか？」

「あいつは妙なやつらを使うのが得意なんだ」

「妙なやつらとは密偵のことですか？」

「おれもよくは知らないが、あいつが使うのは、軽業が得意な盗人みたいな連中じゃないかな」

「ははあ」

「お前らも気をつけたほうがいいぞ」

「わかりました」

「あ」

虎之助はふいに立ち止まった。

「どうしました？」

「土産を思いついた。すぐもどるから待っていてくれ」

少しして、虎之助は懐になにかを入れてもどって来た。

松平清武は、痩せて、低い小さな声で話す男だった。痩せて、声の小さいやくざの親分は駄目である。一家は三日でつぶれる。

将軍も同じだろう。だが、とりあえず納まってもらうなら、こういう御仁がいちばんである。つまんで捨てることができる。

「これはつまらぬものですが」

と、虎之助は懐からごそごそと紙包みを取り出した。

「なんだな？」

「じつは、わたしの祖父というのは江戸でちょっとは名の知れた侠客でしたが、若いころ、幡随院長兵衛《ばんずいいんちょうべえ》という侠客の子分をしておりました」

「幡随院長兵衛？　聞いたことがある。たしか、旗本の水野《みずの》十郎左衛門《じゅうろうざえもん》と張り合った男ではないか？」

「そうです、そうです。その幡随院長兵衛が履いていた雪駄を形見にもらっていたのです」

虎之助がそう言うと、後ろにいた立花と松浦が、そっと顔を見合わせた。虎之助のしようとすることに気づいたらしい。

「ほう、雪駄をな」

「それで、清武さまが鼻緒を収集なさっていると伺いまして、わが家の家宝になっているその雪駄を収集の品に加えていただけないかとお持ちした次第でして」

「それは珍しいものを。じつは、歴史に残る人物の使った鼻緒も集めたいと思っておった。幡随院長兵衛か。有名ではないか」

「これでございます」

虎之助がふだん履いているものである。

誰が履くのだというくらい、柄の悪いものである。

鼻緒は虎縞で、足を載せるところは、牙を剝いた虎の口の絵柄が編み上げられている。

「なるほど」

「やくざですが、大親分だったので、ものはよいかと」

清武はつまむようにして眺め、

「うむ。いいものだ。しかも、このいかにもの派手さは、やくざならではだな」

と言った。

「まさに」

「大親分ともなると、もう少し品がいいと思ったがな」

「………」

自分でも品がいいとは思わないが、こいつには言われたくない。

「いやあ、これは珍品だ」

と、清武は大喜びである。

その喜ぶ顔を見ながら、

「じつは、本日こうしてご無礼仕《つかまつ》ったのは、館林さまが将軍へのご推挙に対し、二の足を踏んでいると伺ったので、将軍くらいいいものはないですぞと、訴えさせていただこうと思った次第でして」

虎之助は単刀直入に言った。

「そうかのう」

「清武さまは、将軍には大奥というものがあるのはご存じで？」

「うむ」

「その大奥を吉原にすることだってできるのですぞ」

「吉原というのは、浅草の北のほうにあるやつか？」

多少は話に聞いているらしい。

「そうです。ご存じでしたか？」

「うむ。四角いかたちをしているらしいな？」

かたちなどは、丸でも三角でも、どうでもいい。

「行かれたことは？」

「ない」

「ご興味は？」

「それは多少の興味はないことはないが」

「ご案内するような者がいなかったのですな」

「そうじゃな」

こんな野暮天を吉原に案内したいとは誰も思わなかったのだろう。

「それでは、今宵一晩だけ、この有馬めにお付き合いくださいませ」

虎之助は案内役を買って出た。

「今宵か?」

「天気もいいですし、まさに吉原日和ですぞ」

「そうじゃな。一度くらいは行ってみようかな」

多少のすけべ心はあるらしい。

では、一度、屋敷にもどって、夕方、虎之助が迎えに行くという約束になった。

帰り道、虎之助は苦笑いをして言った。

「おれは吉原の客引きかよ」

二

「お供は最小限に」

と頼んではおいたが、しょせん、一人では近所にお使いにも行けないような五十男である。結局、家来を三十人も引き連れての行列になった。

虎之助の供は、早坂町太郎こと町太と、かつて上野黒門町《くろもんちょう》で緋鯉《ひごい》の周次《しゅうじ》と呼ばれた周次の二人だけである。

じつは、町太同様、周次もまた武士になっている。周次という名はそのままだが、虎之助から官名をもらった。久留米に生葉《いくは》という郡があるので、ここを治めるという意味で〈生葉守《いくはのかみ》〉とつけられた。それと苗字もやると言われたが、

「あっしは苗字なんざ要りません」

と言うので、苗字は無しになった。だから、いまの周次の正式な名は、

「生葉守周次」

なのである。

「少し変ではないか」

という声もあったが、なにせ藩主の虎之助が、やくざならではの寛大さで、

「ま、いいだろう」

というので、これに決まった。

もっとも、武士にはなったが、見た目はほとんど変わりない。着流しに短めの刀

を一本、落とし差しにしている。喧嘩の強さといったら、町太と張り合うほどで、たぶん、町太と周次の守りを突破しようとしたら、五十人では足りないだろう。松浦篤信と立花鑑任も、二、三人の供を連れただけである。二人とも、虎之助と付き合ううち、すっかり遊び上手になっている。

松平清武だけが、大名行列。これで将軍になったら、どれだけ頓珍漢になるのか。城のなかでも行列をつくらせそうである。

文句を言ってもしょうがないので、吉原の門をくぐってからは、松浦と立花にも協力してもらい、清武の家来たちは皆、三浦屋《みうらや》の隣で、大きさが売りの妓楼《ぎろう》にぶち込むことにしてある。もっとも家来たちは、堅い殿さまと離れて遊ぶことができるというので大喜びである。

「久留米の酒をしこたま飲ませて、あとで目の玉が飛び出そうなくらいの請求をしてやるといい」

虎之助は町太に言った。自ら吉原の妓楼に売り込んだ、いまや久留米の名産品である。

「わかりました」

松浦と立花も、今宵はゆるりと羽を伸ばすつもりらしい。

松平清武だけは、仲之町の三浦屋ではなく、別の場所に連れて行くことにしている。

「清武さま。ここが吉原の目抜き通りの仲之町ですぞ」

と、虎之助は自分の屋敷でも案内するような調子で言った。

「ほう、たいしたものだのう」

清武も感心する。

それはそうだろう。江戸の夜で、これだけの明かりが灯《とも》されたところはほかにない。両国の広小路でも、浅草の奥山でも、夜ともなれば明かりも消えて、ひっそりと静まり返る。江戸城だって、こんなに明るくはない。

だが吉原は、夜ともなると妓楼のなかから軒先から、明かりに満ち満ちるのだ。

「三浦屋は、格式の高さでは数ある揚屋のなかでも別格で、あるじは吉原の総名主をしております」

「そこに揚がるのだな」

「いいえ、そんな野暮なことはしません」

「ほう」

「三浦屋は、このあいだの大火事で焼けてから、このなかの外れに、秘密の別館をつくりましてな、今宵はそちらにご案内いたします」

吉原はしょっちゅう火事で焼け、そのつど外で仮店の営業が行われたが、半年もしないうちにたちまち復興し、元にもどる。だが、復興のたび、怪しい建物も多くなっていた。

「ふうむ。別館か」

と、清武は歩きながら立ち並ぶ妓楼の格子のなかをきょろきょろと見ている。

「お気に入りの妓はいましたか？」

「いやいや、どの妓も可愛いのう」

だらしない顔で言った。

——あんた、正室一人に側室一人で満足なのではないのか。

虎之助は内心、毒づいた。年取って初めて吉原を知ると、急に盛りがついたようになるじじいがいるが、松平清武もその類いらしい。

「ここが三浦屋の別館です」

と、案内して来た虎之助は足を止めた。

吉原のいちばん奥の奥。九郎助稲荷《くろすけいなり》と呼ばれる祠《ほこら》があって、ここから北東側は羅生門河岸《らしょうもんがし》と言って、最下等の遊女屋が並ぶところである。そのわきに、三浦屋四郎左衛門《しろうざえもん》は秘密の別館をつくっていた。

ここは、見た目こそ目立たないが、いろいろと凝った仕掛けがある。仕掛けをつくるときは、虎之助も相談されたので、当然、すべて知っている。

それらの仕掛けについては、おいおい語ることになるだろうが、とりあえずは清武を裏庭に面した別室へ案内した。ここは、調理場と一体になった部屋で、大きな一枚板が真ん中に置かれ、客はその前に、調理場を眺めるかたちで置かれた座り心地のいい椅子に腰を下ろすようになっている。

椅子はそのつど、出したり片づけたりされるらしいが、いまは四つほど並んでいる。

清武は、初めて見る奇怪なつくりの部屋に臆したらしく、頬を引きつらせている。

「清武さま。吉原はもちろん、男がおなごと一夜を楽しむために来るところです」

「そうだろうな」

「だが、吉原で女遊びをしているのは、たかだか通。どんなに頑張っても、大通と呼ばれるのが関の山」

「ほう」

「真の通、すなわち真通人は、吉原で食道楽にはまります」

「食に？」

「はい。吉原には、極秘の吉原料理があるのです」

と、虎之助は胸を張った。

これは虎之助のホラ話ではない。じっさい、吉原の奥の奥では、もっとも大事なお客をもてなすための、究極の料理がつくられるのだ。

「失礼いたします」

と、声がして、調理場のほうから二人の男女が現われた。

「清武さま、こちらは吉原の総名主で、妓楼三浦屋のあるじ、三浦屋四郎左衛門です」

と、虎之助は言った。

「三浦屋にございます。本日はお越しいただき、ありがとうございます」

三浦屋は深々と頭を下げた。

「そして、隣におりますのは、かつて三浦屋の高尾《たかお》太夫、いや代々の高尾と比べても美しさは際立っていたことから、〈絶世高尾〉とすら綽名《あだな》された女。いまは花魁《おいらん》から足を洗い、その料理の腕で客をもてなす、人呼んで〈御馳走《ごちそう》太夫〉にございます」

「はい。御馳走太夫も綽名でありんす。どうか、おりんとじつの名でお呼びくださいまし」

「ほう、おりんか。いや、いまでも絶世の綽名がふさわしいほど美しいぞ」

清武は、だらしなく顎を垂らした顔で言った。

挨拶を済ませると、おりんはさっそくてきぱきと動き出した。

これからおりんが料理をするらしい。どこからか、若い娘が二人現われ、竈《かまど》の火をかきたてたり、鍋に湯をわかしたり、おりんの手伝いを始めている。

「吉原というところは、日本中から女が集まって来ますので、同時にさまざまな郷土料理も集まります」

と、虎之助が清武に解説を始めた。

「なるほど」

「料理というのは、じつにさまざまだそうです」

「だろうな」

「おりんはまた、年季が明けたあとで旅に出て、自分の足も使って珍しい料理を集めました。海の漁師たちからは魚の料理、山の猟師からは獣の料理、山海の珍味はすべて試したといってもいいくらいです」

「たいしたものよのう」

虎之助が話すのを横目に、おりんは料理をつくっていく。

ふつうでさえ藩主は台所など見たことがないのだから、こうして料理をつくるさまを眺めれば、まさに圧巻である。

「いい匂いじゃのう」

清武の腹がぐぐぐっと鳴った。

「清武さま、まずは一献」

と、虎之助はギヤマンの碗に入れた久留米の酒を勧めた。

「ん？　燗《かん》はせぬのか？」

江戸では、酒はかならず燗をつけて飲む。

「これは、このままお飲みください」

「ほう。いけるな」

「この酒は、燗をつけたら勿体《もったい》ないです」

酒の肴《さかな》に小鉢がサッと出された。

盛ってあるのは、マグロの脂身と、アンコウの肝。

「これは、なんじゃ？」

「清武さま。いちいち訊くのは、吉原では野暮になります。すべておりんにまかせてお召し上がりください」

「わかった。だが、それにしても、うまい」

おりんが胡麻油を使って揚げているのは、タイとキスとアナゴ。揚がったと同時に、二人の皿に載せてくれる。

「塩をつけてお召し上がりください」

熱々を口に入れる。

「う、うまい」

清武は感激して言った。

天ぷらという言葉はあるが、まだ行き渡っていない。つけ揚げとも呼ぶが、それ自体、普及していない。

清武は魚に小麦粉の衣をつけ、油で揚げた料理を生まれて初めて食べたのだ。

「おいしいでしょう?」

「おいしいなんてものではないな。気絶しそうだ」

とまで言った。

それくらいうまいと思ったのだ。

徳川家は、家康がタイの天ぷらを食べて亡くなったという言い伝えのせいもあって、宗家も御三家もいちように油っこいものを避ける傾向がある。だが、油っこいものはうまいのである。精もつくのである。

虎之助は、一晩や二晩の徹夜はなんともないが、それは始終、魚の天ぷらを食べているせいもあるだろう。

つづいて、平たい鉄の鍋を使い、これでエビの剝き身と刻んだ野菜を混ぜて炒め、甘辛い味とろみをつけたものが出た。

「これは……食べたことがない味だ」

「そうですか」

虎之助は何年か前、国許に帰ったついでに長崎へ遊びに行き、そこでこれに似た料理を食べた。おそらく唐土《もろこし》のほうから伝わった味ではないか。

次は、肉を薄く切って焼いたものが出た。

「ああ、これも初めての味だ」

と、清武はたちまち平らげ、虎之助の分も食べたそうにした。

別にくれてやってもよかったのだが、つい意地悪い気持ちが出て、二切れ一度にぺろりと食べた。

そして、酢飯に昆布で締めたサバを載せたものが出た。

このころはまだ、握り寿司はつくられていない。が、押し寿司はあった。西のほうでつくられ、江戸ではほとんど食べられていないこの料理を、おりんは独自の工夫で完成させた。

これもじつにうまい。

虎之助はおりんから何度も食べさせてもらったが、何度食べてもうまい。

サバが酢で締まってさっぱりとし、逆に脂のうまみが増しているように感じられる。それと飯をいっしょに食べるうまさといったらない。

「本日はこれくらいで」

おりんは、茶を淹《い》れながら言った。

「え。わしの腹にはまだまだ入るぞ」

と、清武は泣きそうな顔で催促した。

「ですが、ご馳走というのはどうしても食べ過ぎてしまいます。それだと、後でお腹が痛くなったり、下したりということにもなりかねません。すると、あれがいけなかったのだと、疑われてしまいます」

「わしはそんなことは言わぬ」

「ですが、本当にこれくらいでおやめになったほうが、お身体のためにもいいのです」

「そうか、では、また来させてくれ」

「ぜひ、お待ちしております」

名残り惜しそうに茶をすする清武に、

「清武さま。もしも将軍におなりになれば、どんな食べものでも所望できるし、おなごだって選び放題、とにかくお城の中奥から大奥まで、すべて思うとおりにつくり変えることもできるのですぞ」

と、虎之助は言った。

それをさせたら、女たちはどれほど喜ぶことだろう。しかも、そういう女たちが、江戸の町を活気づかせ、景気も押し上げるに決まっている。

千代田の城は、江戸の町をわざわざ貧乏にさせて喜んでいるのだ。

「おりんを連れて行くこともできるのか？」

「それはもちろんです。ただし、無理やりというのは可哀そうでしょうが」

「いや、そういうことはせぬ。大名並みの手当も出そう」

それでも御馳走太夫は行かない。なにせ、虎之助にぞっこんなのだ。

「ま、交渉次第でしょうが、たとえ大奥に入らなくても、吉原からお城に通うということもできるのでは？」

「なるほど」

「とにかくいまの大奥は固まってしまっています。女たちは可哀そうに、ろくろく外へ出ることもできません。大奥と吉原を結んで、始終、行き来できるようにするのはいいかもしれませんな」

「いや、有馬、ちょっと待て。吉原の女だと、跡継ぎは誰の子かわからんということになったら、まずいぞ」

清武はそう言って、顔をしかめた。

「お言葉ですが、清武さま、女がないしょで別の男をつくろうと思ったら、どんなところにいてもできるものなのです」

「そうなのか。わしはそういうことについては疎いので」

「この有馬めは、五歳のころからそういうことを考えて生きて来ましたので間違いありません。結局のところ、大事なのは男と女の信頼と言いますか、情愛と言いますか」

「信頼に情愛か。なるほどな」

清武は、次第に乗り気になってきた。

三

と、そのとき——。

この別館の入口あたりで、騒ぎ声がした。

「いいから、三浦屋を出せ。あるじを出せ！」

三浦屋が出て行って相手をしたらしいが、まもなくその三浦屋が来て、

「有馬さま。厄介な客が来てしまいました」

と、困惑した顔で言った。

「誰だ？」

「手前どもにはもう十年近く通われているのですが、大身の旗本で樺野又十郎《かばのまたじゅうろう》さまとおっしゃる方です」

「ああ、あいつか」

虎之助も何度か顔を見たことはある。たしか家禄は八千石もあって、大名並み。しかも参勤交代などはしなくていいから、いちばん金を使えるのだ。幕府のごくつ

ぶしと言ってよく、虎之助が将軍なら、まずこいつらを軒並みぶっ潰して、それで浮いた分で、なにか面白いことをやる。

どうしてやろうかと思案しようとしたら、

「樺野が来ているのか」

と、松平清武が言った。

「ご存じなので?」

「わしの所領に飛び地になっているところがあり、樺野の知行地の隣でな。それで、代官を出して治めるのも面倒なので、樺野の代官にいっしょに管理してもらっている」

「では、お顔も?」

「うむ。何度か会っている」

「そうでしたか。では、おとなしくさせるまで、そちらのお部屋に隠れていていただければ」

虎之助がそう言うと、

「お殿さま。わたしがお話のお相手でも?」

と、おりんが言った。この気づかいこそ、元太夫のものである。

「そうしようか」

と、松平清武は嬉しそうに隣の部屋に入った。

「どうしたのだ？」

虎之助は、三浦屋に訊いた。

「人の肉を食うと言ってきているのです」

三浦屋はうんざりした顔で言った。

「人の肉？」

またまた突飛な話が出て来たものである。

もっともこの吉原というところは、人間の欲望が渦巻いているので、どんな突飛な話が出て来ても不思議はない。

「吉原ではなんでも食えるとおりんが言ったのを逆手に取って、どういうわけか、人の肉が食いたいなどと始まったのです。言い出したら、後には引かない御仁です」

「それが、馬鹿の特徴なんだ」

と、虎之助は言った。

馬鹿ほどひたむきなのだ。やくざも、ひたむきなやつがいちばん世のなかの迷惑になって、いちばん早く死ぬ。賢いやつは融通が利いて、どこか適当なところがある。

「わたしもおりんを助けるため、咄嗟《とっさ》にいろいろ考えまして、『なんでも食えるのは本当ですが、吉原にはできたときから人肉食について厳しい法度《はっと》があります』と申し上げました」

「それは？」

「まず女の肉は駄目だと」

「いちばんに食いたがりそうだからな」

「はい。それから、子どもも駄目と」

「そりゃあ、いいことを言った」

「元服を済ませた男だけは許されるが、女を知ってしまった男は肉が固くなっているので駄目と」

「なるほど」

「それで、器量がよく、心もきれいで、当主にも意見するような、正義感の持ち主でなければと」

「そんな武士がいるわけがないわな」

「わたしもそう思って言ったのですが、どうも見つけたみたいです」

「なんてこった」

「いま、そちらで妓をつけて待たせてあるのですが、どうしましょう？」

「よし、樺野の裏を急いで調べさせる。そのあいだ、時を稼ぐことにしよう」

虎之助はそう言って、三浦屋の若い衆に、生葉守周次こと周次を呼んで来てもらった。

「すまんが舟を飛ばして丑蔵一家まで行き、球磨蔵に、旗本の樺野又十郎って野郎の裏について訊いて来てもらいたいんだ」

「樺野又十郎ですね。わかりました」

周次がうなずくと、

「二丁櫓《ろ》の舟があります。それで往復なさってください」

わきから三浦屋が言った。

二丁櫓の舟で潮に乗れば、馬並みの速さで往復できるだろう。

周次を見送って、

「やっぱりここはおりんもいてくれたほうがいいな」

と、虎之助は言った。

「わかりました。代わりに若い妓を二、三人つけさせます」

すぐに三浦屋が手配した。

隣からもどったおりんに、

「どうだい、清武さまは？」

と、小声でようすを訊くと、

「あの方もやはり変ですね。こっちの話を聞くうちに目が輝き出しましてね。人の肉はわしもぜひ食べてみたいから、分けてくれと」

おりんは呆れながら言った。

「まったく、どいつもこいつも危ねえのばっかりだ。あんたは、鈴虫と鼻緒でも煮て食ってろと言いたいぜ」

「それで、樺野さまはどうなさいます？」

「ああ。『ちょうどいま、わたしの料理の師匠が来ている』と言って、おれを樺野に紹介してくれないか。しばらく口先でごまかすから」

「有馬さまが料理の師匠なんですか」

「見えねえか?」

「いえ、人の料理はお上手そうですね」

おりんは笑いながらそう言って、いったん消し炭にしていたかまどの火を搔き立てたり、湯を沸かしたりといった準備を始めた。

虎之助も、たすき掛けなどしてそれらしく身支度すると、樺野を呼んで来てもらう。

「なんだ、なんだ。ずいぶん待たせて」

樺野又十郎は、偉そうに入って来た。

後ろには若い侍が、強張《こわば》った顔で控えている。

三浦屋が出迎えて、

「申し訳ありません。いま、おりんが所用で出ていたので」

「もどったのだな?」

と、樺野はおりんを見てうなずいた。

「はい、樺野さま。こちらはわたしの料理の師匠で、大坂から出て来られた久留米虎之助さま」

おりんは、虎之助を紹介した。咄嗟に国の名を苗字にしたが、名前は思いつかなかったらしい。

「久留米虎之助だす」

大坂から来たなどと言われたので、慌てて聞きかじりの大坂弁で言った。大坂には、国許への往復の際、ちらっと立ち寄る程度である。

「そうか。じつは、このあいだここで、人の肉を食わせてくれると約束したのでな。なあ、三浦屋」

樺野はねっとりと押しつけがましい口調で言った。

「条件に適《かな》った人の肉をお持ちすれば、と申し上げたはずにございますが」

三浦屋が言った。

「ああ、それで連れて来た」

「連れて来た？」

「こいつだ」

と、後ろの若い男を指差し、

「名は、木村順之介《きむらじゅんのすけ》という。歳は十八。女はまだ知らぬ。しかも、きわめて生真面目な若者だ。なんせ、知行地の領民のために贅沢はつつしめと、わしに忠告しおったのだからな。食べられるのに、それでもまだ殿の改心を信じるのだから、どうだ、食欲をそそるくらい、いい人間だろう」

「…………」

「当人も、わしに食われてもかまわないと言っている」

「…………」

「いまから腹を切らせるから、活きのいいうちにこいつを料理してくれ」

「ほんとによろしいので？」

三浦屋は呆れ、後ろの木村という若い侍に訊いた。

「ええ。わたしを食べて、殿がまともになれば、それは領民のためでしょうし」

木村はうなずいた。

「…………」

これには三浦屋ばかりか、おりんも虎之助も、なんと言っていいかわからない。あるじにならら食われてもいいという奇特な人間が、この世にはいるのである。

四

「まあまあ、お待ちなはれ」

と、気を取り直した虎之助が割って入った。

「なんだ、止めようとしても無駄だぞ。わしは、今宵こそぜったい人を食うつもりで来たのだからな」

樺野は虎之助を睨みつけて言った。

「止めまへんよ。それに、人はあてが調理しまっせ」

「ほう」

「ただ、どうして人など食べたいと思われはったんだす？」

虎之助の大坂弁が珍妙なのか、おりんが必死で笑いをこらえているのが見えた。自分でも変な大坂弁だとわかるが、師匠の役を演じるためにはどうしようもない。

「わしはな、あらゆる獣の肉を食べたのだ。あとは人だけと言っていいほどだ。であれば、うまいという人の肉を食いたくなるのが人情ではないか」

こんなやつに人情があるというのか。だが、虎之助は我慢し、

「人がうまいとは誰にお聞きにならはった？」

と、訊いた。

「わしの家の先祖が、播州《ばんしゅう》三木城で兵糧攻めを経験して、そのときのことを手記に残していた。それには、うまかったと、はっきり書いてある」

「料理法は？」

「それは書いてなかった」

「あても三木城に籠城した者の話は聞いてまっせ。それと、三木城のほかにも、鳥取城や備中高松城の文献も当たりました」

嘘である。虎之助が文献など当たれるわけがない。

たまたま家老の有馬多門が、若い藩士にそういった逸話を話すのを、わきで聞いていただけである。なにせ、虎之助の耳学問の知識といったら、講釈師も驚くほどなのだ。

「そうか」

「たしかにうまいと書いてましたな。だが、人なんか食ったら、きっついバチも当たりまっせ」

「バチなんか当たっても平気だ」

「なるほど。だが、人の肉はいきなり食うと、毒っ気に当たりまっせ」

「毒っ気？」

「そうだす。人の肉ってのは、フグにも負けないくらい毒っ気の強いもので。三木城でも鳥取城でも、いきなり人の肉は食っておりません。その前にまず、ネズミやヘビの肉を食ってはります」

「ああ、そういえばそんなことが書いてあったな」

「ネズミの毒っ気で身体が慣れるんですな」

「なるほど理屈に合うな」

「だっしゃろ」

そんな理屈があるわけがない。お前は馬鹿だと頭を叩いてやりたい。

「だったら、そのネズミを捕って来てくれ。いるだろう、いくらでも」

と、樺野は言った。

「ネズミ、おりまんな？」

虎之助はそう言って、三浦屋を見た。

訊かなくても、いるのはわかっている。ネズミを退治するための猫もいっぱいいるが、猫に食われる仔ネズミの数より、生まれてくる仔ネズミの数のほうがだんぜん多いのである。

しかも、ある大きさを超えて巨大化したネズミは、猫も怖いから捕ろうともしない。そういうのが、ここらの路地をうろうろしているのだ。

「捕って来ます」

「できるだけ大きいやつをな」

それを見て、諦めてくれればめっけものである。

ネズミが来るまで、樺野は酒を飲んで待つらしい。

仕方がないから、虎之助も付き合うことにした。清武が気にはなるが、若い妓をわきに侍《はべ》らして、ご機嫌でいるらしい。

「しかし、あんたも変わってまんな。食われてもいいとまで思うなんて、信じられまへんで」

虎之助は、若い木村順之介を見て言った。

「それはもちろん、好んで食われたくはないですが」

と、木村は悔しそうに言った。

「身体を張って、あるじの贅沢を止めるのだから、たいしたものだろうが」

樺野が自慢げに言った。

「だが、頭はよくありまへんな。真面目な馬鹿というのは質《たち》が悪いでっせ」

と、虎之助は苦笑して言った。

「どういうことでございましょう?」

木村がムッとして訊き返した。

「領民というのは、ただ米だの作物だのをつくっているだけでっしゃろ。それだと、例えば豊作のときも、領民はとりあえずたらふく米と作物を食えるが、余った分は腐らせないといけなくなりまっしゃろ。だから、領主は百姓からその分を買い取ってやって、それを天下に回してやらないといけまへん。それで領主はそれを江戸に持って来て売ったりするわけですが、それで得た金は貯め込んだりしてはあきまへんで」

「なぜだ？」

と、木村は憤りもあらわに訊いた。

「なぜって、貯め込んだら金は回らなくなりまっせ。金というのは、世の中をぐるぐる回る宿命を持ってるだす。それなのに、いちばん金が入ってくる領主だの大名だのが、ケチケチ貯め込んではあきまへん。吉原で使うなどというのは、大いにけっこう」

「ここで？」

木村は、吉原を軽蔑したように言った。

「そうでんねん。この吉原にいるのは、金持ちの女でっか？」

と、虎之助は木村に訊いた。

「いや。貧しさのあまり、売られてきた女たちだろう」

「そうでっしゃろ。その女たちのために金を使う。それで得た金で、女たちはまた着物を買い、飾りものを買い、うまいものを食べる。そうして金は天下に回っていくんだっせ。旗本だの大名だのが倹約して、いったいなんのためになりまっか？」

「う……」

「金はそこで止まり、景気は冷えまんな。世のなかは金が回るのがいちばんでんねん。持ってるやつが回してやらんといかんでんねん。大名や旗本などは率先して、湯水のごとく金を使うべきなのでっせ。宵越しの銭は持たないと自慢すべきは、食うに困らない武士がすべきことでんねん」

虎之助は、妙な大坂弁で言った。

すると樺野は、わが意を得たとばかりに、

「そうだ、そうだ」

と、言った。

「いや、おまはんのは、ただの食い意地だけ」

「なんだ、こいつ」

樺野はムッとした。

「しかし、最近の旗本はひどいでんな」

と、虎之助は笑いながら言った。

「なにがひどい？」

「このあいだは、バクチ狂いのお旗本に会いましたで。今日は人を食いたいという樺野さま。なにか欲望に止め処《ど》が無くなっている気がするでんねん。これはいくさがないからだっしゃろな。もともと血の気の多い方々だったお旗本などは、ムラムラしてきているんだっしゃろ？」

「まあ、そうかもしれぬ」

樺野は意外に素直に認めた。

「でも、今度、話のわかるお方が将軍におなりになれば、なにか変わるかもしれまへんな。噂に出ている松平清武さまみたいな」

虎之助は、隣にいる清武に聞こえるように世辞を言った。

「変わるものか」

樺野はせせら笑うように言った。

「どうしてだす？」

「松平清武のことはよく知っている。そんな気概があるものか。道楽といったら、鈴虫の飼育と下駄の鼻緒集めだぞ。おそらく、吉原になど一度も来たことはあるまい」

ここにいるぞと出て来ないだろうなと、虎之助もひやひやしてしまう。

「いや、松平さまのことはさておき……」

と、なんとか話題を変えようとすると、

「だいたい、どうせすぐに殺されるわ」

と、樺野は余計なことを言い出した。

「え？」

「このところ、とんとん拍子で将軍が死んだ」

「と、とんとん拍子はないでっしゃろ」

「あれは皆、毒殺だぞ」

「そうなんでっか？」

「決まっている。だいたい、家康公から始まり、いままで七人の将軍がおられたが、まともに寿命を全うしたのは、ただの一人もおらぬぞ」

「そんなことはないでっしゃろ」

「いや、七人が七人とも毒殺だ」

樺野はやけに断定するように言った。

「そ、それは」

聞かせたくない話に慌てたところへ、

「捕まえて来ました」

と、三浦屋が入ってきた。

右手で尻尾を持ち、ネズミをぶら下げていたが、

「えっ」

ここにいた一同が目を瞠った。

ほとんど猫だろう。しかも、ネズミだけあって、毛並の汚らしいこと。

「凄いでんな」

と、虎之助が言った。

「食うから料理してくれ」

樺野が引きつった顔で言った。

「料理を……」

おりんも青くなっている。

「早くせい」

樺野が急《せ》かした。

「お師匠さま」

おりんは虎之助を見た。

「あてが？」

「お願いします」

「わかったがな」

虎之助はそう言い、さすがにこれをいったん裏のほうへ持って行き、暗いところで切り捌《さば》くと、食べられそうな腿《もも》から背中にかけての肉を持って入って来た。

もう見た目はただの肉片で、

「おりん。手伝え」

「はい」

おりんは肉を切るのは慣れているから、すばやくこれを薄切りにして、

「臭みは生姜で取りましょうか、ニンニクがいいでしょうか」

「そうやな、ニンニクでいきまんねん」

おりんは噴き出しそうになったが、

「わかりました」

と、この肉を醬油やみりん、酒、ハチミツ、ニンニクで揉み込み、網に載せて焼いた。

たちまち調理場にいい匂いが立ちこめる。

「あんまりうまくないほうがいいんだがな」

虎之助はおりんに小声で言った。

「ですが、味がまったく想像できないので」

「そうか。しょうがねえな」

軽く焼き上がると、おりんは、

「ネズミの炙《あぶ》り焼きでございます」

と、樺野の前に出した。

「ほう。どれどれ」

すでに目が輝いている。

樺野は箸でつまみ、口に入れ、何度か嚙むと、

「これはうまいぞ」

そこからは一気呵成《いっきかせい》に、薄切り十枚ほどをあっという間に平らげた。

虎之助はそのようすを見ているうち、そっと外に行き、

「うえっ」

少し吐いてもどって来た。

おりんはそれを察したらしく、

「有馬さまが吐いたのを初めて見ました」

と、小声で言った。

虎之助はうなずいて、

「おれもいろんな馬鹿を見てきたが、吐き気を催す馬鹿というのは初めてだぜ」

しばらく酒を飲み、食休みをしていた樺野だったが、

「さあ、そろそろ人を食うか」

と、舌舐《な》めずりをして言った。

木村順之介が緊張のあまり、何度も咳払いをした。

「それは、そこまで食べたいと言わはるんやったら、料理しますが、人というのは、

いろいろ面倒でっせ」

「どう、面倒なんだ？」

「ただ、切って、焼いて食うだけでは駄目でんねん。まずはちゃんと血抜きをしないと、臭くてうまくなりまへんで」

「血抜きをすればいいだろうよ」

「そのためには、逆さにぶら下げてから首を落とさなあきまへん」

虎之助の言葉に、さすがの木村順之介も、ぶるぶる震え出した。

「逆さに吊るす？」

「はい。しかも、首を切る際も、一太刀ですぱっと落としてもらわないと、空気に触れた血が、またなかに入っていきまんねん。これだと、がくんと味が落ちまっせ」

「では、一太刀でやってくれ」

「いやいや、そうしてくれって、言わはっても、そういうことはあっしら町人には無理でんねん。ぜひ、お殿さまにやっていただきませんと」

「馬鹿言え。わしは、剣術はあまり得手ではないのだ」

わかっていて言った。見るからにそうである。

「木村は腕が立つぞ」

と、樺野は言った。

「自分で自分の首を落とさせるのでっか?」

虎之助は呆れて訊いた。

「無理か……」

無理に決まっている。

「そうなると、諦めていただかないと」

「ここで諦められるか。仕方がない。腕の立つ家来がいるから、誰かわしの屋敷まで行って呼んで来てくれ」

樺野がそう言ったとき、虎之助は外から来た三浦屋の若い者に、

「生葉守周次さまがもどられました」

と、耳打ちされた。

五

虎之助が部屋から出ると、もどったばかりの周次が、

「幸い、うちの駕籠かきが、あの野郎の屋敷に二人、雇われていました」

と、告げた。

「そりゃあよかった」

「それで樺野の屋敷は本所の大川沿いだったので、そいつらを連れて来ました。舟のなかでざっと話は聞きましたが」

「どうなんだ？」

と、周次の連れて来た丑蔵一家の若い衆に訊いた。

「あの野郎。幕府には内緒で、新田を開発しては、そこで米をつくらず、煙草の葉をつくり、それを江戸に持って来て、大儲けしています。八千石などとんでもねえ。いろいろ入れたら、五万石ほどの内証です」

「とんでもねえな」

大名ならともかく、旗本のくせに内緒というのは許されない。

「お前、あの樺野には顔を知られているのか？」

「ええ。外に行くときは用心棒代わりに連れて行かれたり、もちろん駕籠かきもしてますし。顔を知られているとまずいですか？」

「いや、そのほうがいいんだ。ちっと芝居をしてもらうか」

「芝居！　ぜひ、やらせてください」

若い者は顔を輝かせた。

丑蔵一家の若い衆には、芝居っ気のある者が多いのである。

というのも、虎之助が、

「やくざには演じる才が欠かせないぞ」

と言って、年に二回、素人芝居の会を開催するようにしたのだ。

その稽古には、虎之助の顔で市川團十郎や松本幸四郎まで来たこともある。しかも、会のときは、江戸中から客が詰め寄せ、たいそうな賑わいになるのだ。いまや「やくざ芝居」と言ったら、芝の名物の一つになっている。

「よし、わかった。じゃあ、こういう芝居をしてくれ」

虎之助が部屋にもどるとまもなく、

「とっとっとっ殿さま。たいへんです」

若い衆が飛び込んで来た。

「あれ、お前は」

「お屋敷の中間の大作《だいさく》です。た、大変なことが」

なかなか真に迫っている。世話物でもやりそうな本格的な芝居だった。

「なんだ、大変なこととは？」

「屋敷の近くの飲み屋にたむろしていたら、三人ほどの武士がひそひそ話をしているのが聞こえまして、樺野家ではお上に内緒で煙草の葉をつくり、江戸で売っていると。内偵もうまくいったし、後はお取り潰しだけか、などと言っていたのです。いったい、誰なんでしょう？」

「なんだと……それは目付の連中だ。糞っ、目付の手が入ったのか」

樺野は愕然《がくぜん》として言った。

もちろん目付には虎之助のほうから密告する。すでに手なずけている目付もいるので、いま中間の大作が言ったとおりになるだろう。

「早くお戻りになって」

「いや、もう終わりだ」

樺野は首を横に振りながら言った。

「終わり？」

「どうせ終わるなら、人を食ってから腹を切ろう」

樺野はそう言って、木村順之介を見た。

木村は胸を張り、唇を嚙みしめながら、あるじを見返した。覚悟を決めたのだろう。なんとも健気な家臣ではないか。

虎之助はたまらず、

「おい、木村。そんな覚悟をするんじゃねえ。こんな馬鹿に肉を食わせるために死ぬなんざ、この世でいちばんくだらねえ死に方だぞ」

と、声をかけた。

「だが……」

と、木村はあるじを見た。

「おめえ、そんなにうまい肉が食いたいのか？」

虎之助は樺野に訊いた。

もう、妙な大坂弁は中止である。どうせこいつは、取り潰しになるばかりなのだ。

樺野はふいに態度が変わったことには気づいただろうが、虎之助の迫力に押され、

「あ、ああ」

と、うなずいた。

「だったら、てめえの肉を食ってみろ」

「わしの？」

「ああ。人間は、自分の肉がいちばんうまいんだ」

「そんな馬鹿な」

「そんな馬鹿なじゃねえ。人間は、自分がいちばん可愛いわな。それと同じように、自分はうまいんだ」

無茶苦茶な理屈だが、虎之助は自分でそう言って、まんざら嘘でもなさそうな気がした。

「…………」

「食ってみろって、それが吉原の究極の料理だ。おめえの右腕の丸焼き。ただ、あまりにもうますぎて、次は左の腕、それから右足、左足と食いたくなるのが、この料理の欠点といやあ、欠点だ」

「そうか」

「食うか、自分の肉を？」

「食う。どうせわしも、死ななきゃならないのだ。かまうものか」

自分の左腕をじいっと見た。

自分で自分の左腕を斬り落とせたらたいしたものである。

「ううっ」

泣きそうな顔になった。自信がないのだろう。

「あ」

目が指のほうに行った。

「小指でもいいぜ。食うところは少しだけどな」

と、虎之助が言った。

樺野はおりんに、

「包丁を貸してくれ」

と、言った。刀は預けてある。

いよいよ自分の指を落とす決心がついたらしい。

六

そのときである。

三浦屋の若い者が入って来て、

「旦那さま、大変なことが」

そう言って、後は耳打ちした。

三浦屋の顔が変わった。肝の据わった三浦屋の表情を変えるくらいの、よほどのことが起きたらしい。

「どうした？」

虎之助が三浦屋に訊いた。

「はい。すぐそこで、若い男が八人ほど、斬られて死んでいるというのです」

そう言って、三浦屋は出て行こうとする。

斬られてというのは穏やかではない。しかも、八人というのは、ふつうの喧嘩騒ぎではない。まだ死人が増えるかもしれない。

「周次。そいつを見ててくれ」

と頼んで、預けた刀を受け取ると、虎之助も外に出た。

「そこです」

仲之町の突き当たったあたりである。

そこに八人の男たちが倒れている。

なんとも吉原には似つかわしくない光景である。さながら戦場のありさまで、こんな光景は江戸の町なかですら、久しく見ていない。

「なにがあった？」

虎之助は刀に手をかけ、ゆっくり周囲の闇を見透かした。何本か、路地の奥のほうにも目をやった。

だが、すでに、怪しい者の気配はない。

大門のわきにある詰所から、町方の同心が駆けつけて来て、提灯を近づけ、倒れている男たちの顔を確かめ始めた。

「ああ、皆、死んでいるな」

といった声も聞こえた。

それを見ていた三浦屋に、

「郭内の若い者かい？」

と、虎之助は訊いた。

「違いますね。やくざのようですが」

まくれた袖の下に見えている彫物などからそう思ったのだろう。三浦屋は、丑蔵一家の若い衆ではないのですか、というように虎之助を見た。

虎之助は首を横に振り、

「おれのところの者でもないみたいだな」

いまのところ、吉原にやくざは進出してはいない。いちばんはびこりそうなところだが、三浦屋を総名主とする吉原の旦那衆が、身内の若い者とともに、やくざの進出を阻んでいる。

むろん楼主などにやくざまがいの悪党はいないかというと、それはまた別問題ではあるのだが。

「誰がやられたのです?」

三浦屋が町方に声をかけた。

「どうやら遊びに来ていた蛸屋の鉄吉一家の若い者らしい」

「そうですか」

「さっき、高崎楼で妓の取り合いから喧嘩になったみたいだ」

「相手は?」

「新宿から来ていたやくざが一人だったらしい」

「相手は武士じゃねえのか?」

虎之助が訊いた。

町方の同心は、虎之助の横柄な態度にムッとしたようだが、顔を見て圧倒されたらしく、

「違うみたいです」

と、素直に答えた。

「町人でここまで遣えるのは、なかなかいねえぞ」

　そこへ、岡っ引きのような男が近づいて来て、町方の同心に耳打ちした。

「そうなのか。どうも、やくざといっしょに来ていた座頭がいて、そいつが仕込み杖を抜いたみたいです」

　同心は虎之助に言った。

「なんだと」

　それは、座頭勝だろう。

　こいつは、早いとこ始末しておかないと、とんでもないことになるかもしれない。

　と、そこへ、ふらふらと樺野又十郎が現われた。その後ろには生葉守周次と、御馳走太夫ことおりんもいた。止めたけれど、聞かないのだというように、おりんが手をひらひらさせた。

「なんです、樺野さま？」

　三浦屋が訊いた。

「あれをくれ」

　と、樺野は指差した。これだけ高く飛んだのか、少し離れたところに腕が一本、落ちていた。

「食いたいのか？」

虎之助が訊いた。

「ああ」

素直にうなずいた。強烈な食欲が、この男を子どものように素直にしている。

「やくざの腕など、料理するのは厭《いや》ですよ」

おりんはそっぽを向いた。

「自分でやるからいい」

樺野はそう言った。

「だったら、好きにしろ」

と、虎之助は顎をしゃくった。

樺野はその右腕を拾って袂《たもと》に入れた。後で腕がないと騒ぎになったら、犬が持って行ったと言えば済んでしまう。

「どうやって食うんだ？」

と、虎之助が訊くと、

「どうやって食えばいい？」

樺野は逆に訊いてきた。

「あんまり難しい料理にはしなくていい。塩焼きにしときな。サンマでも焼くみたいに」

「わかった」

「郭内でやるなよ。外行ってやれ」

「ああ、そうする」

樺野又十郎は、ふわふわとした足取りで大門のほうへいなくなった。後ろ姿には、食欲の悲しみといったものが感じられた。

七

三浦屋の別館にもどると、松平清武は青い顔で横になっていた。

横には若い妓が三人、看病でもするように寄り添っている。

「どうしました？」

三浦屋が訊いたが、答えない。

どうも泣いているらしい。

「なにかあったんですか？」

虎之助が訊いても答えない。

ただ、ぽろぽろと大粒の涙を流すだけである。

——これが五十過ぎた男か。

虎之助は気味が悪くなってきた。

ようやく清武がなにか言った。

「吉岡《よしおか》を、呼んでくれ」

「なんですって？」

「吉岡？」

「当家の家老だ。ずっとわしに仕えてきた男だ」

「わかりました」

すぐに周次に呼びに行かせた。

いままで、自分の考えではなに一つやって来なかった男の態度だった。大事なことはすべて家老たちに頼って決めてきたのだろう。

徳川幕府は、こういう馬鹿を叱る力さえ無くしているのだ。

「なんで、殿がこのようなところに？」

家老の吉岡が入って来た。楽しんでいたところを呼び出されたのだろう、いかにも機嫌が悪そうだった。

「お、吉岡、来たか」

清武はそう言って、ようやく身を起こした。

「殿。どうなさいました」

「吉岡。やはり、わしに将軍職は無理だ」

清武はそう言うと、声を上げて泣き出した。ほとんど子どもである。亡くなった家継のほうが、ずっとしっかりしていた。

「なにをおっしゃいます、殿」

「将軍になどなったら、毎日、暗殺に怯《おび》えないといけないのだ」

「そ、そんなことは」

家老の吉岡は、慌てて否定し、誰がそんな余計なことを言ったのだというように、周囲を見回した。

「そうなったら、この有馬がお守りいたしますぞ」

と、虎之助がわきから言った。

「無理だ、有馬。よく考えたら、三千人もいる大奥のむらむらしている女たちの相手もせねばなるまい」

「すべて解き放てばよろしいのです。将軍ならそれもできるのですぞ」

虎之助はそう言った。

「しかも、将軍はあんな無茶苦茶な旗本の棟梁《とうりょう》になるわけだろうが」

「それは……」

そうなのだ。旗本八万騎——じっさいには、旗本はおよそ五千人で、御家人やその家臣まで入れれば八万人ほどになった——を率いてこその征夷大将軍である。

あのろくでなしの、馬鹿ばっかりの旗本を。

「無理だ、無理だ。わしにはとてもできぬ。吉岡、なんとかしてくれ。有馬、勘弁してくれ」

清武はそう言って、なんと頭まで垂れ始めたではないか。

なんという情けなさ。どうせなら、

「有馬。そなたが代わりにやってくれ」

と、言えないものだろうか。言われたら虎之助は、

「いいのですね。いまのお言葉、書き留めますので、印と花押《かおう》をお願いします」

と、たちまち確実な話にしてしまう。

だが、そういう立派な台詞は、ぜったい言えない馬鹿なのだ。

「わかりました、殿。ご推挙はいたしませぬ。ご安心なさってくだされ。もう、将軍のことは、忘れてかまいませんぞ」

吉岡は、清武の背中を叩きながら、優しく言った。

「そうだな。わしは屋敷に帰ろう。帰ったら鈴虫の世話をし、鼻緒を眺めて、気を静めることにしよう」

そう言うと、吉岡に手を引かれて、ここから出て行った。

「駄目だ、こりゃ」

虎之助は頭を抱えて言った。

どうやっても、清武をその気にさせることはできそうになかった。

第三話「ういろうなんか食ってる場合か」

一

松平清武の担ぎ出しに失敗した虎之助と松浦篤信、立花鑑任の三人は、久留米藩邸に集まっている。

「まずいですね、有馬さま」

と、立花が言った。

「ああ。だが、石高から言ったって、紀州よりは尾張だろう。幕閣だってそのつもりじゃないのか?」

「わたしも御三家あたりの話は、雲の上のことですので」

「雲の上ってほどではないだろうが。おれたちだって、三人合わせたら、三十五万石の水戸家を上回るぞ」

「合わせても、横に並ぶだけで、縦にはならないのでしょう」

立花のあまり理詰めとは言えない解釈に、

「そんなものか」

と、虎之助も妙に納得した。

「いまの事情はどうなっているのでしょう？」

松浦が首をかしげると、

「こういうときは、うちの事情通である有馬多門に訊くといいのだ」

と、江戸家老を呼んだ。

「殿、なにか？」

と、白髪で痩せた、鶴のような風貌の有馬多門がやって来た。なにやら仙術でも使いそうな風貌である。

多門は、他藩の江戸家老や用人のあいだでも有名で、しらばくれた受け答えのわりにしたたかな外交をおこなうことで、「古狸」とか「三百歳」とか「ばっくれ多門」などと言われている。

もう八十を過ぎた。「あっちのほうはもう終わりました」と言うわりには、妾の数が減るわけでもなく、まだ増やそうという気も垣間見られ、虎之助も呆れるしかない。

「多門。いま、将軍の選考はどうなっている？」

「ああ、どうやら松平清武さまはご辞退のようですな」

と、多聞は言った。

「もう聞いているのか？」

吉原の騒ぎは昨日のことである。

「はい。清武さまのお屋敷には、殿のところの駕籠が入っていますし」

「まあな」

まったく食えない爺いなのだ。

もちろん、多門のことは球磨蔵にも紹介してあって、互いに行き来もし合っている。それどころか、多門はしょっちゅう、「一日駕籠」と称して、江戸中を丑蔵一家の駕籠で一回りしては、いろんな話を耳に入れて来るらしい。

女にもマメだが、仕事にはもっとマメなのである。

「多門はどう思う？　次の将軍については」

「いまは、尾張の徳川継友《つぐとも》さまと、紀州の吉宗さまのお二人に絞られたみたいですな」

「え？　おれの名はないのか？」

虎之助が真面目な顔で訊くと、

「ええ、どうしたんでしょうね。ひっひっひ」

多門は嫌な笑い方をした。

「それで、お前はどっちだと思う？」

「正直、半々です。どっちに動くか、わたしにもわかりません。これからお二人がどう動くかで決まるでしょう」

それなら動き甲斐もある。

「継友は、賢いのか？」

虎之助はさらに多門に訊いた。

「うちのうしくらいには」

うしは、虎之助の愛犬である。だいぶ歳を取ってきて、巨体の動きが名前に近づいて来ている。

「あっはっは。うしと同じくらいか」

「このところ、ういろうとかいうものに凝っていると聞きましたが」

「ういろう？ なんだ、それは？」

「それは、薬ですよ」

と、松浦がわきから言った。

「そんな薬、あるのか？」

「外郎と書いて、小田原あたりでつくられているはずです」

「何に効くのだ？」

「痰《たん》を切るほかにも、なんにでも効くと言われていますが」

なんにでも効く薬というのは、なんの病にも効かないのだ。それは、人間といっしょで、毒にもなれば薬にもなるやつこそ、使い出がある。

「小田原の薬で、継友になにかいいことがあったのかな？」

「さあ」

多門は首を横に振った。

「尾張は、紀州より江戸寄りだったよな？」

虎之助は、立花に訊いた。

「そうです」

「紀州が出て来るところを、名古屋で叩けば、江戸にはぜったい辿《たど》り着けないだろう」

「でも、戦をするわけではないですから」

「同じだろうが。紀州からの密偵だのなんだのを名古屋で止めれば、いろんなことが有利に運ぶぞ」

ここらは、ほかの大名と虎之助が違うところである。戦と平時の区別がない。絶えず、戦をしているつもりなのだ。大名とやくざを兼務してきたおかげというべきなのか。うかうかしていると寝首をかかれるという、心構えが違う。

「たしかに」

と、立花は手を打った。

「ちっと、継友を脅して、ケツ叩くか」

「やりましょう」

松浦も賛成した。

だが、多門が、首をかしげ始めた。

「どうした、多門？」

「じつは、妙な噂を聞いたことがありまして。名古屋の人間は、あまりやくざを怖がらないらしいのです」

「やくざを怖がらない？」

地震、雷、火事、やくざという格言を忘れたのか、と言いたい。

「どういうことかは、わたしもわからないのです。だが、継友さまもいちおう名古屋の方ですし」

「ふうむ。まずは、脅してみてだろう」

虎之助がそう言うと、

「殿。その前に、継友さまを大奥にご挨拶に伺わせたほうがよろしいのでは？」

と、多門は言った。

「大奥に？」

「あそこでの評判は、幕閣の判断にもかなり影響するようですぞ」

「よし、そうしよう」

虎之助は、明日、伺う旨を伝えるよう、尾張藩邸に使いを出した。

二

明日のことでいろいろ手配を済ませると、虎之助は町太とともに丑蔵一家に顔を出してみることにした。

芝の赤羽橋前の藩邸から、新堀川沿いに歩く。

初夏の風が爽やかである。舟の行き来にも、独特の風情がある。

むろん、こういうときは着流しのさばけた恰好である。薄い虎縞の着物で、裾のひるがえり方とか、袂が風をはらんだときのなびき具合とか、細部に虎之助独特の工夫がある。髷《まげ》もちょっと斜めにし、びんの毛をわざと乱れさせる。

千両役者ならぬ、二十一万石やくざは、細部にいろいろ気を遣っているのだ。

金杉橋を渡って東海道に入ると、通りのあちこちから声がかかる。

「虎之助さん、ひさしぶりじゃないの？」

そう言ったのは、下駄屋のおやじ。

「おう。しょっちゅう、通ってるんだが、皆、気がつかねえんだよ」

「そんなわけはねえよ。虎之助さんは、一町（およそ百九メートル）先からでもわかるから」

「お世辞言ってくれたのか。だったら、最高級の下駄を買わなくちゃな」

立ち寄って、柾目《まさめ》の入った桐下駄を買い、鼻緒も錦の輝くものにすげかえて、さっそく雪駄と履き替えた。

もう少し行くと、雪駄屋のおやじが、

「虎之助さん、お久しぶりですねえ」

「そうかい」

じつは駕籠のなかからしょっちゅう見ている。頭の上に雪駄を載せて客寄せしているおやじは、どうしたって目立つのだ。

「相変わらずいい男っぷりだよねえ」

「お世辞言ってくれるなら雪駄を買わなくちゃな」

と、ここでも最高級の雪駄を購入し、買ったばかりの下駄と履き替えた。

とにかく虎之助が歩けば褒め言葉の嵐で、居並ぶ店からいろんなものを買わなければならなくなる。

だが、それは大名としても、やくざとしても、やらなければならないことなのだ。欲のたかった馬鹿から金を奪い、善男善女に還元する——それこそが、大名ややくざの大事な仕事である。

丑蔵一家に来ると、若い衆がバタバタしている。

「どうした？」

と、若い者に訊いた。まだ、二十歳前だろう。

「あ、虎之助さん。なんか、旅の連中と増上寺の門前にある甘味屋のあいだで揉めごとが起きまして」

「門前の甘味屋？　梅乃屋のことか？」

「あ、そうです」

梅乃屋は、うまい汁粉を出すので、虎之助は子どものころから通っている。

「おっかあは？」

奥をのぞき込むようにして訊いた。

辰からは、やくざの揉めごとには関わるなと、うるさく言われているのだ。あんたはもう、押しも押されもせぬお大名なんだからと。

「今日はあいにくと、蛸屋の鉄吉さんとこで祝儀がありまして」

「祝儀？　なんの？」

まさか辰のじゃないだろうなと、一瞬、不安になる。六十近いのに、まだ、色気が抜け切っていない。有馬多門などは、「ご母堂は、なんともいえない魅力がありますな」などと抜かしていた。

「鉄吉さんの下の娘と、うちの縄張りで両国西詰界隈を仕切っている山次《やまじ》ってのがいっしょになるんで、その祝いで」

「そうだったのか」

「それで、いま、いるのは留守番してた若いのばっかりなんです」

「揉めごとを収められねえのか？」

「先ほど、中堅組の鯨太《げいた》さんが駆けつけたのですが、なんだかまだごたごたしているみたいです」

話を聞いた町太が、

「虎之助さん。じゃあ、あっしが」

と、さっそく駆け出した。

「おい、待て、おれも行くぜ」

虎之助も大門のほうへ向かった。

梅乃屋の前には、人だかりができていた。

「あ、虎之助さんに町太兄さん」

鯨太がすぐに二人を見つけて、駆け寄って来た。名前の通り、鯨《くじら》のような巨体である。

「すみません。お二人にまでご足労いただいて」

「なあに、どうってこたぁねえ。それより、なかに籠もっちまったのか？」

と、顎を梅乃屋のほうに向けてしゃくった。

「そうなんですよ。あっしらも手っ取り早く片づけられなくて、申し訳ありません」

「何人いるんだ？」

「五人です」

「やくざか？」

「いいえ。素っ堅気です。旅の者なんですが、あいつら、なんか変ですぜ」

鯨太が、薄気味悪そうに顔をしかめて言った。

「なにが？」

「脅しても、カエルの面《つら》に小便みたいなところがあるんです」

「肝が太いのか？」

「そういうんでもないでしょう。なんか、しゃべり方も猫が鳴いてるみたいな、妙な調子でしてね」

「猫が鳴いてる？」

「みゃあみゃあ言うんですよ」

「喧嘩の原因は、なんなんだ？」

「あいつらが、梅乃屋の汁粉を食って、いちゃもんをつけ始めたんです」

「梅乃屋の汁粉はうまいだろうが。どんないちゃもんだ？」

「白玉入りの汁粉を頼んだのですが、白玉が甘くないって」

「白玉が甘くない？　ふざけてるのか？」

白玉は逆に淡泊だから、甘みも生きるのである。白玉まで甘くしたら、とてもじゃないが甘過ぎる。

「盛りが少ないともぬかしたそうです」

「どんぶりで汁粉を食う気かよ」

「それと、おまけがないと」

「おまけ？　ガキか」

「五人で頼んだのだから、一人分くらいおまけをつけるのは当然だと」

「あきれたな」

堅気にしては、ずいぶんないちゃもんをつけたものである。おまけをつけろとは、三下やくざの言うことだろう。

「それで、うちの若いのが一人、駆けつけて、張り倒したのですが、相手が五人だったこともあって、逆にやられちまいまして」

と、鯨太はわきを指差した。

若い者が、目の周りに痣《あざ》をつくり、木に背中をつけてしゃがみ込んでいる。

「しょうがねえな」

やくざが喧嘩をするときは、相手が何人いようと勝たなければならない。勝てそうもないときは、いろいろ卑怯な手を繰り出しても、その場を切り抜けるのがやくざなのだ。あの若い者は、お前はやくざには向かないと、破門することになるだろう。

「それで、あっしらが来ると、あいつらは梅乃屋に立て籠もりました」

「なるほど」

虎之助が近づいて行くと、二階にいる旅人たちのようすが違って来た。

「おい、今度のは、でら凄いでぇや」

「金の鯱《しやちほこ》でゃあがな、ありゃあ」

などという声も聞こえた。

「お前ら、たいした田舎者だな。殿さまに恥かかせちゃいけねえ。殿さまは誰だ？」

と、虎之助が訊いた。

「おみゃあ、驚くな。とくがあさまでゃあ」

なかの一人が自慢気に言った。

「とくがあさま？　とく、があさま？」

妙な調子なので、言葉の意味がなかなか頭に入って来ない。

「虎之助さん。もしかして、徳川さま？」

と、町太が言った。

すると、虎之助の頭に閃《ひらめ》いたことがあった。

「ははあ。お前ら、名古屋から来たのか？」

虎之助は、有馬多門が言っていた、名古屋のやつらはやくざを怖がらないというのはこのことかと思った。

「そうでゃあよ」

「江戸はでら怖《こえ》えとこだで」

「おっとろしいだぎゃあ」

怖がってはいるのだが、この調子だから怖がっているように見えないのではないか。どこか、人を食ったような話し方なのだ。

「ああ。当たり前の感想言ったら、どえりゃあ怒り出すだでにゃあ」

「にゃあ」

ほんとに猫が鳴いているみたいである。

いろいろ訊き質《ただ》そうとしたところに、

「どうした、どうした？」

すでに番屋には報せたらしく、町方がやって来た。しかも、同心は境勇右衛門ではないか。

「なんだ、虎之助さん、いたのかい？」

「ああ。あんたが来たんじゃしょうがねえ。ぜんぶ、まかせるぜ」

と、虎之助はもうかかずらわないことにした。こんなわけのわからない言葉を話す連中の相手をしていると、頭が変になりそうである。

「なんだ、喧嘩か？」

境が梅乃屋のあるじに訊いた。

「あいつら、うちの汁粉のことでケチつけたので、脅しつけたら暴れ出しやがったんですよ。これ、見てくだせえ」

あるじは、鼻血を出したらしく、顔が血まみれである。

だが、二階の連中も殴られたような顔をしている。

そういえば、この梅乃屋のおやじは昔から気が短かった。虎之助も子どものころ、いちゃもんをつけるのにお汁粉に虫を入れて、二、三度、頭をはたかれた記憶がある。今日のことも、おそらく、どっちもどっちという話なのだろう。

「よおし、お前ら、下りて来い！」

境が二階の名古屋から来た男たちに怒鳴った。

三

この晩——。

両国の柳橋のたもとにある料亭〈鶴亀楼《つるかめろう》〉では、馬鹿馬鹿しいほどの大宴会が始まろうとしていた。

なにせ、江戸を二分するやくざの大親分二人による肝煎りの祝儀である。

蛸屋の鉄吉の末娘であるお絹《きぬ》は、今年十八。

「やくざには嫁にやらない」

と、鉄吉はかねがね語っていた。それくらい、可愛がって育ててきた。

なかなか気の強そうな美人である。育ち方次第では、たいした莫連《ばくれん》娘ができあがったかもしれないが、なにせおやじからたっぷり愛情を与えられたので、そっちには行かずに済んだのだろう。

だが、たまたま惚れた相手が、丑蔵一家の若手三羽烏《さんばがらす》と言われる〈白塗りの山次〉だった。

「白塗り」とは、まるで白粉《おしろい》でも塗ったように色が白いことからつけられた綽名である。それくらいだから、若い娘が惚れるのも無理はない。柳橋の上でばったり出会い、目と目が合い、

「どこかでお会いしましたっけ？」

「あたしもそんな気が」

「あっしは両国西詰めでちったぁ知られた山次という侠客で」

「あたしのおとっつぁんは、蛸屋の鉄吉といって……」

「鉄吉親分のお嬢さんでしたかい。よければちっと、そこのうなぎでも」

「あたし、うなぎ、大好き」

というわけで、たちまち恋に落ちた。

だが、辰も鉄吉の気持ちは前から聞いていたので、山次に別れるよう勧めたこともあった。

するとお絹がすっと覚悟を定めたような顔をして、

「辰親分、あたしも堅気の娘じゃありません。切った張ったの世界を垣間見ながら育ちました。山次さんといっしょになってする苦労も、想像がつきます。なにとぞ、いっしょにさせてくださいな」

と、言った。

「そこまでの覚悟なら」

と、辰も承知するしかない。

鉄吉のほうも、山次の丁寧な挨拶で、

「しゃあねえな」

と、承諾した。

だが、これでますます丑蔵一家と蛸屋の鉄吉一家は、親密な間柄になるのである。

「それなら、両国一の料亭を借り切って、前代未聞の宴会をやろうじゃないか」

ということになった。

鶴亀楼は、大川を眺める三階造りの大料亭だが、なにせ双方から五百人ずつが出席したため入り切れず、隣のそば屋とさらに隣の下駄屋の二階まで借り切った。下駄屋の二階は変だという声も上がったが、料理を運んだりする面倒を考えれば、下駄屋だろうが湯屋だろうが、なんでもよかった。

仰天の異変が起きたのは、もう酒も回り切り、芸者衆総出で近ごろ流行りの「あら、ほいさっさあ」を踊り始めたころだった。

蛸屋の鉄吉もまた酒が回り、いい気分で娘婿の肩を抱き、

「山次には、おれのいちばん恥ずかしいものを見せておかなければならねえ」

と、言った。

「いちばん恥ずかしいもの？」

「ま、それは見ればわかる。うちの一家の者でさえ、見た者は大幹部の三人しかいねえ。家族にさえ見せていねえ」

「そんな凄いものを？」

「ああ。さあ、二人きりになろう」

鶴亀楼の二階、いちばん奥の小部屋は、お絹の控え部屋になっていた。大川の流

れが眺められる、本来は色っぽい部屋だが、ここに入った。

「山次、後ろを向いてくれ」

と、鉄吉が言った。

「こうですか？」

「それで、わしがいいと言うまで、こっちを向いてはいかんぞ」

「わかりました」

いったい何を見せられるのか？　いままでいろんな喧嘩をし、危ない橋も渡って来たが、こんなに胸がドキドキしたことはない。

「まだですかい？」

「まだだ。うっ」

鉄吉が呻《うめ》くような声を出した。

——なにか口に入れようとしたのか？

まさか、恥ずかしいことというのは、下手な芸みたいなものなのか。隠し芸で、お椀を一個まるごと口に入れ、喉が詰まって死んだやつを知っている。鉄吉もひょうきんなところがあるので、あの類いの芸かもしれない。

「もう、いいですか？」

「…………」

返事はない。だが、振り向くわけにはいかない。

どんどん時が過ぎて、もう四半刻（三十分）は待ったのではないか。いくらなんでもこれはおかしいだろう。

「鉄吉さん。もう、なんと怒られようが後ろを向きますぜ」

そう言っても答えない。

「じゃあ、見ますぜ」

そっと振り向いて、

「うわっ」

仰天した。蛸屋の鉄吉が腹のあたりを刺され、血まみれで横たわっている。

「お、親分……」

なにも答えない。

「だ、誰か来てくれ！」

大騒ぎになった。

医者が呼ばれて来たが、すでに死んでいるのは明らかである。

「おとっつぁん！　誰がこんなことを！」

お絹は泣き崩れる。祝儀どころではなくなった。

そのうちに、鉄吉一家の連中がこそこそ話を始めた。その声が聞こえてくる。

「やったのは山次じゃないか」

というのである。

聞き咎《とが》めて、

「おい、冗談言うなよ」

と、山次は文句を言った。

「だって、この現場を見てみなよ。あんたしかやれないよ」

たしかにここは二階の突き当たり。隣の大部屋は大宴会がおこなわれていたが、誰もこっちには来ていない。

窓は東と南にあるが、南の窓には格子が嵌まり、東は大川の流れに接している。

つまり、誰も侵入することなどできない。

「なんで、おれが、鉄吉親分を殺さなくちゃならねえんだ」

山次が睨みつけると、それまで父親の遺体にしがみついていたお絹が、

「結局、おとっつぁんの縄張りが欲しかったんだ」

と、言った。

「そ、そんなことはねえ。そんなことはねえといったら、ねえ」

山次は口下手なのだ。

「お絹。山次はそんな男じゃないよ。男のなかの男だ」

と、辰がわきから言った。

だが、お絹の耳には届かなかった。

鉄吉が忍ばせていた匕首《あいくち》をお絹はいきなり抜き放つと、

「あたしのことなど、どうでもよかったんだね」

山次の腹を刺した。

誰も止める間がなかった。

「あ」

山次は、顔をしかめ、

「やめろ、騒ぐな。ここで、暴れちゃならねえ」

と、皆を諫《いさ》めた。

祝儀のために着込んだ白い袴《はかま》が、たちまち朱に染まっていく。

その血の色が、二つの一家の歴史に、画然と線を引いていくようである。

お絹が、まるで鉄吉の跡目はあたしだとでもいうように、一同を睨みつけて言った。

「これで丑蔵一家と、蛸屋の鉄吉一家の仲は、終わったね」

四

翌日――。

虎之助は丑蔵一家の騒ぎについてなにも知らない。辰も、虎之助には一家のごたごたは伝えないようにしている。それよりは、一家の正業である駕籠屋のほうを、存分に役立ててもらいたいという気持ちでいるらしい。

そんなわけで、虎之助は予定通りに朝から尾張藩邸にやって来た。松浦篤信と立花鑑任もいっしょである。

「久留米藩主の有馬則維と申します」

城ですれ違ったりはしてきたが、正式に挨拶するのは初めてである。顔もまともに見たことはなかった。

継友は、背こそ高いがひどく痩せていて、将軍になったとしても、さぞや貫禄に欠けることだろう。

「うむ。家老同士は親しいらしいな。詳細は聞いておる。なんでもわしを将軍に推挙するのに、千代田のお城に行きたいとか」

「さようにございます」

「わしはかまわぬぞ。連れてってくれ」

よく言えば鷹揚に、正直に言えば間抜け面で、そう言った。

殿さまの一典型である。気取りなどはない。我も張らない。いい人と言えば、いい人だろう。

そのかわり、なんの張り合いもない。たいした資質でもない子どもを、のびのび育てると、こういう人間が出来上がったりする。

「その前に、ぜひとも申し上げておきたいことが」

と、虎之助は釘を刺しておかないといけない。

「なんだ？」

「大奥というのは、女ばかりのところなので、とにかく見た目が大事ですぞ」

「見た目？」

「いい男で、いい身体をしているというのがいちばんです。言ってはなんですが、わたしのような」

「なんだ、わしは見た目が悪いというのか？」

だから言っているのだろうが、という言葉は飲み込んで、

「いえ、もっと上がるはずの男ぶりを目いっぱいに上げて、大奥のおなごたちの人気を勝ち得たいと思います」

と、虎之助は言った。

「そうか。だが、どうやって男ぶりを上げる？」

「そこが思案のしどころなのです。いい男で、かつ、いい身体をしていても、女に嫌われる男はいます。生まれついての美貌を鼻にかけたのは駄目ですし、汚らしいのもいけません。お洒落《しやれ》が頓珍漢な男も駄目です」

「難しいな」

「難しいです。ですので、そういうことの玄人を連れて来ました」

玄人と言って紹介したのは、なんと元高尾太夫のおりんではないか。

控えていたおりんがすすっと前に出て、

「お洒落師のおりんにございます」

と、頭を下げた。

「お洒落師とは初めて聞いたな」

「はい。つねづねさまざまな着物、袴、羽織の色、柄、形、そして着こなしについて研究を積み、その方にもっとも似合う衣装を提案させていただいています」

「ほう。美人じゃな」

継友は余計なことを言った。

「恐れ入ります」

化粧は落としているが、異国ふうの深い顔立ちは隠しようがない。

もちろん、おりんは嘘を言ったわけではない。

おりんの得意なことは料理だけではないのだ。おしゃれに関しても、玄人中の玄人である。なにせ、町人から大名まで、さまざまな客の装いを見て来た。しかも、花魁をしていると、着物を脱がせることもする。これは、おしゃれの裏側まで、見ることになった。

　じっさい、太夫のときも、客にこんな着物にしてはといった助言をして、喜ばれていたのである。

「では、まず、用意してきた着物などをご覧いただきます」

　そう言って、持参した長持から、それぞれ二十種類に及ぶ着物や羽織などを取り出して並べた。

「凄いな」

　と、継友は感心した。

「お殿さまはお背が高く、すらりとなさっています。なので、鋭くて涼しげな色がお似合いかと」

　そう言って、数枚の着物を持ち、継友に軽くあてがった。

　今日は、大奥への非公式の挨拶である。公式ともなれば、決まりきった恰好をしなければならず、おりんの出番もない。だが、非公式なら、ふだんに近いおしゃれもできるのだ。

継友は、こんなことをしてもらったのは初めてらしく、嬉しそうに突っ立って、されるがままになっている。

だが、虎之助から見ても、継友は難しそうである。

なにせ体形が悪い。痩せて背は高いが、まるで断崖のような撫で肩で、しかもひどい猫背である。また、痩せているのに、下腹だけがぽっこり飛び出している。足がまた無駄に長いため、こういうのは帯が凄く上に来て、女の着付けみたいになる。

おりんもいろいろあてがいながら、苦労しているのがわかる。

継友が厠に行くのに席を外したとき、虎之助はおりんに近づいて、そっと訊いた。

「どうだ？　なんとかなりそうもないか？」

「いっそ、笑いの線にしたほうが、女は好感を持つかもしれません」

「笑い？」

虎之助もこれには訳がわからなくなった。

五

まだまだかかりそうなので、継友が着物を選ぶあいだの相手は松浦と立花にまかせて、虎之助は庭に出てみた。むろん、ここは他人の屋敷だから、勝手にうろうろはできない。用人に断った。

さすがに御三家筆頭の屋敷である。

坪数では、七万八千坪。中央に庭園がつくられ、広大な泉水の周りに緑が茂っている。どうせ、なんとか園と気取った名がついているのだろう。

芝生は広すぎて足を踏み入れる気にもなれない。

泉水の周囲の森に入った。

しばらく行くと、黒猫がいた。首輪をしているので、飼い猫なのだろう。こういうところで黒猫を飼うのは珍しいのではないか。縁起がよくないなどと言われる。

もちろん虎之助は、縁起など担がない。黒猫は闇のなかで目だけ光ったりするので、一匹くらい飼ってみたいと思っていた。

——ん？

次は白い猫も現われたのだ。一匹ではない。二匹、三匹……。すると黒猫のほうも増えてきた。

まさか、どこかで誰かが、猫を使って囲碁でも始めるのかと思ったが、途中で出現はおさまった。

ぜんぶで十匹ほど。

「よしよし、来たか」

と、声がした。

木陰に若い男がいた。まだ二十歳前後だろう。

集まってきた猫たちに、餌をやっていた。

その若い男と目が合った。

長身痩軀の美男で、身のこなしもしなやかそうである。

「どなたでしょう？」

若い男が虎之助に訊いた。

「久留米藩主の有馬則維と申します。お邪魔しております」

「ああ、有馬どの。お噂は」

「わたしの噂ですか。まあ、どうせろくなものではないでしょう」

「いやいや、世が世ならという話でしたよ。わたしは、継友の弟で通春《みちはる》と申します」

通春は軽く頭を下げた。後の徳川宗春《むねはる》である。

「兄上にぜひとも将軍になっていただきたいと思いまして」

虎之助がそう言うと、

「兄にね」

通春はにやりとした。

なにやら腹に一物ありそうである。

「将軍もなればなったで大変なのでしょうが」

と、虎之助は誘いをかけた。本音を聞き出したい。

「それはそうでしょう。だいたい、天下をしっかり理解していなければ、政などできるわけがない」

と、通春は言った。

「政の根本は?」

虎之助はさらに突っ込んで訊いた。

「戦をなくし、民が平和のうちに暮らせるようにすることだが、幸い、わが国は戦というものはなくなりました」

「はい」

「次は、難しい言葉で言うと経世済民」

「経世済民?」

「世のなかを治め、民を救うのです。治める基本は食貨。つまり、貨幣をうまく、正しく動かすことでしょう」

「たしかに」

「金というのは回さないといけません」

「ごもっともです」

「それにはまず、将軍や大名は率先して金を使い、世間に回してやらないといけない。倹約などはとんでもない話」

「同感ですな」

虎之助は思わず膝を打った。

「有馬どのはそうだろうと思っておりました」

通春はそう言って、虎之助の羽織や脇差の拵《こしら》えなどに目を向けてきた。たっぷり金をかけ、きんきらきんの豪華絢爛である。だが、これで芝界隈の反物屋、武具屋などは大いに潤っている。

「わたしの駕籠を見せたいですな」

虎之助は自慢げに言った。

最近、数台あるうちの駕籠の一つを、金の板で葺《ふ》いた屋根にした。陽の下を移動するときは、ぎらぎら輝いて、不気味なくらいである。ただし、江戸市中を動くときはさすがに人目をはばかり、茅葺《かや》き屋根を装っている。

「民を救うということは、民が生きていて楽しいと思う暮らしをさせることです」

と、通春は言った。

「そうですとも」

「わたしなら、質素倹約とは正反対に、武士には金を使うことを奨励します。それが民を潤すのですから」

「まさに」

この前もそんな話をしなかったか。武士などは食うに困らないのだから、倹約して金を貯めるなどとんでもないのだ。

「さらに、町では芝居や音曲などを盛んにおこなわせます。うまいものを食べさせる店もどんどん増やすようにします。それから物見遊山を盛んにさせましょう。夜通し遊ぶのもいいでしょう。それで危険なことがないように努めるのが武士の仕事です」

「いま、武士がそれをしないので、やくざがやっているみたいですな」

「なるほど。だから、有馬どのは忙しいのですか」

からかうような笑みを見せた。そこらの噂も聞いているのかもしれないが、

「はて、なんのことですかな」

と、虎之助もしらばくれるしかない。

「ま、兄が将軍になった暁には、わたしもそういったことは提言いたしましょう」

「ところで、この猫は通春さまが？」

「そう。わたしが飼っています」

「黒猫と白猫しかいませんな」

「そうでなければ嫌というわけではないが、自然にそうなったのです。もしかしたら、黒白をはっきりつけたがる性分なのかもしれませぬ。世のなかのたいがいのことは、黒と白のあいだなのだが」

「ほう」

若さまのくせに、世のなかのことがわかっている。

「つかぬことを伺いますが、久留米藩は何万石でしたか？」

通春が訊いた。

「二十一万石です」

「だが、九州は麦も穫れるし、工夫次第では四、五十万石ほどの身上はおありなのでは？」

むろん、そこらをめざしているが、

「いやいや、颶風の被害がありますので」

と、謙遜した。

「なるほど」

「石高がなにか？」

「いや、なに、有馬さまのような見識のある人なら、百万石でも足りなかろうにと思いました」

「…………」

この方を将軍に、おれは副将軍あたりに納まろうか。

ふと、後ろで咳払いの音がした。

用人が「そこらへんで」と釘を刺したのだろう。

「では、いずれ」

と、通春はいなくなった。

近づいて来た用人に、

「通春さまは素晴らしいですな」

と、虎之助は言った。

「子どものときから英明であられました」

「あの方を押し出したら、吉宗なんか勝てるわけありませんぞ」

大奥でも絶大な人気を得ることだろう。

なんなら、今日、継友は池に落ちて急死してもらい、通春を連れて行きたいくらいである。

「そうは言ってもですな……」

用人は思い切り顔をしかめた。

――おれが用人なら、こうしたぞ。

虎之助は、胸のうちで、匕首を閃かせる。

六

「ほう、いいではありませんか」

着替えを終えた継友を見て、虎之助は言った。

おりんの見立てはたいしたものである。

明るい色の着物は、カエルの柄の小紋になっている。それに雨が降っているような青い細縞の羽織。袴の裾は緑の草模様で、池に見立てたらしい。

さっき「笑い」とは言ったが、げらげら笑うようなものではない。だが、明るい雰囲気があるので、おなごたちは「様子がいい」とは思わないまでも、「感じは悪くない」くらいに受け取ってくれるだろう。

これ以上良く見せろと言っても、土台が土台なのだから、無理というものである。

おりんも満足げに微笑み、松浦と立花もうなずき合った。

「それで、土産だがな」

と、継友は言った。

「ご用意いただけましたか？」

「ういろうを土産に持って行こうと思う」

「ういろう？」

「薬じゃなかったですか？」

と、松浦が訊いた。

「尾張のういろうは薬ではない。武術の祖でもある陳元贇《ちんげんぴん》という明《ミン》国の男が、名古屋の餅屋に製法を伝えた餅菓子だ」

「餅菓子なんですか」

薬の名前ならまだしも、菓子の名で「ういろう」は良くない。なんだかもやしの甘煮みたいである。

　それに、松浦は平戸名物のカスドースを千個、用意して来ている。カスドースとは、平戸でつくられるカステラをもっとべたべたに甘くした菓子で、男は顔をしかめるが、おなごには喜ばれる。当然、ういろうなんてものより、大奥の女は喜ぶだろう。

　だが、主役は継友なのだ。こっちは目立ってはいけない。

「どういうものなのでしょう？」

と、虎之助は訊いた。大奥に持って行く前に、試し食いをしておきたい。つまらないものを持って行くと、馬鹿にされる恐れがある。

「では、昨日の残りがあるので、味見するがいい。ただし、いま、江戸にいる菓子職人の腕は並だ。一流の職人たちがつくると、さらにうまい」

「わかりました。それを想定して食べさせてもらいます」

　四角く切った餅菓子が出された。

　虎之助にはちょうど一口の大きさである。

「ん？」

虎之助の顔に、とまどいのような感情が走った。

「なんだ、これは？」

うっすらと甘い。

砂糖をケチったのではないか。

口のなかで、ぬちゃぬちゃする。

食べるうち、なんだか情けない気持ちになる菓子である。

「どうだ、有馬？」

「いやあ、初めての味で、口が驚いております」

正直な感想は、さすがに言えない。

「わしはこれを一日に二回は食べるのだ」

「二回も？」

「米でできているので、腹持ちがいい。だいいち、飯と菓子がいっしょになったようなもので、安上がりだ」

なんともケチ臭い男である。

「いくつ、お持ちになられます？」

「五十個ほどを重箱に詰めさせるか？」

「五十個？　大奥にはおよそ千人のおなごがいますぞ」

「そんなにいるのか」

「最低でも一人一個は行き渡らないと」

「千個も要るではないか。物入りじゃのう」

　ういろうごときでどこが物入りなのだと、継友のだらしない下腹にこぶしを叩き込みたい。

　虎之助だったら、金のしゃちほこを二匹、「これは、つまらぬものですが」と、お頭付きを装って持って来る。

　だが、いまは愚図愚図言っているときではない。あとは口先でごまかすことにしよう。

「では、さっそくそれを持って、大奥に行きましょう」

「待て、待て。まもなく名古屋から一流の菓子職人が来ることになっているのだが、まだ来ていないようなのだ」

「来ていない？」

「本来なら、昨日には来ているはずなのだが」

「なにかあったのでしょうか？」

「箱根の関は越えたという報せは届いたのだがな」

と、継友は首をかしげた。

「何人来るのです？」

「五人だ。いずれも腕のいい職人だ。この先、江戸でも売ろうと思って呼んだのだ」

「五人ですか……」

虎之助の脳裏に、昨日の五人組が浮かんだ。

——ははあ、あいつらがそうだったのか。

なまじ菓子づくりの腕があるから、あんなイチャモンをつけたのだろう。

すぐに境に連絡し、あの五人を解放して、ういろうを作るようにしてもらわないといけない。

そっと町太を呼んで、

「境のところに行き、例の五人をすぐに解放してもらってくれ」

「わかりました」

町太は席を外し、いなくなった。

「御前。ういろうというのは、つくるのに手間暇はかかりますか？」

虎之助は、継友に訊いた。

「いや、米粉や砂糖などを混ぜて、蒸しあげるのだが、半刻（一時間）ほどでできるだろう」

それなら安心である。

「たぶん、ういろうの職人はまもなくここへ到着するでしょう」

「なぜ、わかる？」

「昨日、名古屋の職人が増上寺門前の甘味屋で喧嘩をし、町方に捕まったと聞いていましたが、いま、わたしの伝手《つて》ですぐに解放するよう連絡しましたから」

「そうなのか」

「それで、到着したら、すぐに千人分のういろうを作ってもらって、大奥に持って来ていただきたいのですが」

「うむ。わかった」

「では、参りましょう」

虎之助は、大奥に向かうため立ち上がった。

七

「まあ、有馬さま」

「そろそろいらっしゃるころだと噂してましたのよ」

大奥での虎之助人気は相変わらず高い。

強風のなかの麦畑に入ったみたいに、大奥の女中たちがざわめくのが、虎之助にもわかるくらいである。

ちなみに、意外だとよく言われるが、虎之助自身は江戸屋敷にも国許にも、奥の院みたいなものはつくっていない。どうも、女を囲ってわがものにするという気持ちは、あまりないらしい。

それよりは、外に好きな女がいて、ときおり会いに行くほうが断然楽しい。

「それでは、かえって金もかかるのでは?」

と訊いた大名もいた。金はかかるかもしれないが、女に金がかかるのは当たり前だろうと、虎之助は思うのだ。そうやって、女に金を使うのが、また面白いのである。

「月光院さまは？」

と、虎之助は訊いた。女たちの喜びように、本来の用事を忘れそうである。今日は、継友と大奥をつなぐために来たのだ。

「はい、お呼びしてまいります」

次の将軍が決まるまで、大奥にいるらしい。さぞやつらいことだろうと、虎之助も同情してしまう。

「おや、有馬どの」

月光院が現われた。相変わらず美しい。

「月光院さま。尾張の徳川継友さまはご存じでしょう」

と、紹介する。

「はい、何度か」

「今日は改めてご挨拶に参りました。それにしても月光院さまは、ほんとに月光のようにお美しい」

ありきたりだが、褒める分にはなんだっていい。

「のちほど継友さまから、出来立てのおいしいものが届きますが、これは我々からの贈り物です」

松浦がカスドース千個。

立花は有明海苔を千帖。

そして、虎之助は自称〈有馬袋〉を千個、用意していた。

これは、こじゃれたずだ袋のような袋のなかに、十種類ほどのさまざまなものが入っている。季節や日によっても違うが、今日は、
小瓶に入れた久留米の酒。

晩生のみかん。

小袋に入れた高級なお茶。

血の道の薬。

細工入りの箸。

鹿の毛の細筆。

水天宮のお守り。

金平糖十粒。

珊瑚玉《さんごだま》のかんざし。

錦の鼻緒。

の以上十種である。どれもべらぼうに高価というわけではないが、おなごが好みそうなものばかりで、しかもそれぞれかたちや色が違うので、もらった者同士で交換し合うこともできる。

「まあ、有馬どののお土産には、いつも女たちは大喜びですのよ」

そういう月光院も、女中たちといっしょに喜んでくれているようすである。

「有馬どのは、いつからこうしたことを？」

「ええ。おなご衆は、こうしたこまごましたものがたくさん入るものが好きだと気がつきまして、三年ほど前からはこれをもっぱら手土産にしてきました」

「三年前から」

月光院は首をひねった。

「どうかなさいましたか？」

「いえ。近ごろ紀州さまが挨拶にいらっしゃって、紀州箱というのをお配りなさったので」

「紀州箱？」

「やはり、梅干しとか、紀州杉のこけしとか、いろいろ入ってました」

「ははあ」

吉宗は真似をしたのだ。

「吉宗さまは、なかなか面白いお人ですね」

「そうでしょうか」

「有馬どのも、たぶん気が合うのでは？」

月光院は暢気《のんき》なことを言った。

と、そこへ――。

「遅くなりました。できたてを、お届けに参りました」

と、ういろうが到着した。

「よし、来たか」

千人分のういろうを、大奥の座敷に運び入れる。できたての甘い香りが、大奥に広がった。馬鹿な女房でも、たいした味でもない菓子でも、やはりできたてに限る。

「名古屋名物のういろうを、継友さまが大奥のお女中方に召し上がっていただきたくて、わざわざ菓子職人を江戸に呼んだのです。さあ、味見なさいませ」

五色のういろうが並べられた。

「きれいじゃの」

と、月光院は言った。

「ほんに」

隣の年寄りもうなずいた。

虎之助も、五色並んだのは初めて見た。たしかにきれいである。いかにも女が好みそうでもある。

咄嗟に、ここは押すところだと察した。

「この五色が基本でして、正月は白を中心に、春は桃色、夏は緑、秋は渋茶色、冬は小豆色に変わります」

虎之助は口から出まかせを言った。

驚いた顔をした継友に目くばせをし、

「継友さま。もっとういろうを褒めてくだされ」

と、小声で言った。

「褒める？」

「なんでもいいですから」

「ういろうは、米粉が原料だが、米のまま食するより、ういろうにしたほうがどーんと嵩《かさ》が増えるのだ。だから、無茶苦茶、得な食べ物なのだ」

まったく、ケチが染みついているらしい。そんなことは言って欲しくなかった。

虎之助は慌てて、

「ういろうを食うと、肌がきれいになるという話もありましてな」

と、またまた口から出まかせを言った。

「肌が」

と、大奥の女中たちが食いついてきた。

しかし、大奥の女たちは、だいたい肌はきれいである。それもそうで、ほとんど建物のなかで暮らし、滅多に陽に当たることはない。

虎之助はさらにつづける。

「しかも、満足感があるわりには、食べても肥《ふと》りません」

「肥らないのか。それはよいのう」

女中たちは小躍りして喜んだ。

これこそが、食いものを女に売り込むとき、もっとも大事なところである。

食べても肥らない。

だが、そんな都合のいいことが、あるわけがない。

食えば肥るのである。そんなことは、熊でも知っている。だから、冬眠前に一生懸命食べるのだ。

女だって、そんなことは心の底ではわかっているのだ。

ただ、食いたい欲望を抑え切れないので、そのときだけの言い訳が欲しいのである。

これは、食べても肥らないんですって。

まあ、そうなの。

いま、まさに、その光景が繰り広げられている。

「でも、お局さま、これはおいしゅうございますよ」

「そうじゃな」

「滑らかな口あたりは、たしかに肌にも良さそうじゃ」

「ほんとですね」

「べたべたした甘さではなく、上品な甘さですもの」

女たちは、一つでは足りず、もっと食べたそうである。

「どうぞ、遠慮なく二つ目、三つ目もお召し上がりください。すぐに、次を届けさせますので」

と、虎之助が言った。本当は、継友が言うべきことだろう。

その継友は、女たちといっしょになってういろうを食べ、

「どうです、月光院さま。大奥の昼食を今後はういろうになさってみては？」

「ういろうに？」

「ええ。一年間つづければ、かなりの米が浮くことでしょう」

「そうなので……」

月光院は、この吝嗇《りんしょく》ぶりに、明らかに鼻白んだ。

「継友さま。冗談はさておき」

虎之助は慌てて取り繕おうとする。どうしてこいつは、せっかく盛り上がったところで水を差すようなことを言うのだろうか。

八

そんなとき——。

継友が鼻をくんくんさせ始めた。

異臭が漂って来た。

女の園である大奥には、あるまじき臭いである。

継友はさらに、じろりと虎之助を見た。

お前、しただろう、わしではないぞと、周囲にも訴えるような目つきである。

「申し訳ありません。今日は、厠の汲《く》み取りの者が入っておりまして」

月光院のそばにいたお付きの者が言った。

「ああ、そうか。それなら仕方あるまい」

虎之助は立ち上がって、窓から汲み取りのようすを眺めていたが、

――ん？

ふと、眉をひそめた。

「あの者たちは、お城の下男とは違いますな？」

と、大奥の年寄りに訊いた。

「はい。房州《ぼうしゅう》の百姓たちが来ております」

「それはいかんな」

虎之助は眉をひそめた。

「でも、お城に畑はありませんし、あの者たちも怪しい者ではなく、ちゃんと鑑札を持っております」

「鑑札など、どうにでもなりましょう」

虎之助はそう言って、外へ出た。

厠の裏で、三人が汲み取りをしている。一人が汲み上げて、肥桶に入れ、天秤棒で担いで行く。

「おい」

と、声をかけた。

「はあ」

「なんで三人でやってるんだ。二人いれば足りるだろうが」

「ですが、この人が」

と、脇にいた男を指差した。

「この者がどうした？」

「西の丸の下男だそうで、手伝うんだと」

「ほう」

虎之助はその男を見た。だが、男は目を逸《そ》らし、虎之助を見ない。

「西の丸からなんの用だ？」

「いや、ちっと厠のつくりが良くないので、本丸のほうを調べて来いと言われまして」

「厠のどういうつくりが良くない？」

「なんか、すぐにいっぱいになるとかで」

「すぐにいっぱいになる？」

底の浅い壺でもあるまいし、そんなわけがない。

「と、ご用人さまがおっしゃってました」

「甕《かめ》の大きさはどこも同じだろうが」

「あっしも見たわけではないので」

「では、見て来いよ」

「はい。そうします」

ホッとしたように立ち去ろうとするのを、虎之助は帯の後ろを摑んで引き戻した。

「なにをなさるので」

「そなた、怪しいな」

「いえ、ちゃんと鑑札もありますので、ほら」

「どれ。よく見せろ」

虎之助が取り上げたとき、男はどこから取り出したのか、いきなり匕首を突き出してきた。

「おっとぉ」

軽く身をひねってこれをかわすと、その動きのままに肘を男のこめかみに叩き込んだ。

男はめまいに襲われたらしく、よろけながら逃げようとするが、虎之助は匕首を持ったほうの右手首を摑んで、これを思い切り上にひねり上げた。

「ばきっ」

骨の折れる音がして、男は匕首を手放した。

「この野郎、どこの密偵だ？　ま、だいたい見当はついているがな」

「ううっ」

男は一瞬、抵抗を諦めたように身体の力を抜いたが、ふいに左手を鋏《はさみ》のようなかたちに開き、虎之助の両目に突き入れようとした。

「まだ、さからうのか」

この指先をぐいっと摑み、振り回すようにすると、
ぽきぽきっ。

と、指が折れるのがわかった。

これで左右の手は使えない。

男は口をもごもごさせた。

「おっと。舌を嚙む気かい？」

虎之助はこぶしを顔面に叩き込んだ。それも目の周りに二発。それから、鼻先に一発。あまりの痛みに、もう何もする気が起きないはずである。

「死なせねえぜ。てめえのあるじの名を吐くまではな」

虎之助は、駆け寄って来た警備の伊賀者に、この男を渡した。

「なんとしても、こやつのあるじを聞き出すのだぞ」

「わかりました」

おそらく吉宗の名が出るだろう。それで、吉宗の将軍への道も断たれるはずである。

――ざまあみやがれ。

だが、この一連の騒動を、窓から月光院が見ていたことに、虎之助は気づかない。

「月光院さま。ご覧になりましたか、いまの有馬さまの仕打ちを？」

女中の一人がそばに寄って、囁きかけた。

「ええ、いくら密偵でも、あそこまでなさらなくともねえ」

「そうですよ。もし、尾張さまが将軍になられたら、有馬さまもずいぶん出入りが多くなるのでしょう。あの乱暴なお人が」

「乱暴はいけませんね」

女たちは、眉をひそめて語り合っている。

虎之助はそれに気づかない。今日の挨拶は、かなりうまくいったと確信している。

「よし。将軍はケチの継友だ」

情けない将軍だが、ここは吉宗でなければよしとせねばならない。

第四話「いちばんまずいのが出て来たよ」

一

「がるる……」

虎之助の愛犬のうしが、地鳴りのような声を出しながら、天井を睨んでいる。そのようすは、異国の絵に見る獅子そのもの。神社の狛犬《こまいぬ》にも、うしより迫力があるのはまずいない。

赤羽橋の久留米藩邸である。

「よし、よし。うし、わかった、わかった」

虎之助はうしの首に手を巻いて、怒りをなだめるようにした。

うしは、このところ機嫌が悪い。そのわけは、最近また、嫁に逃げられたからである。

なにせ、うしはあれが大きいだけでなく、欲求も人一倍というか、犬一倍激しい。牝犬は朝、昼、晩と追いかけ回され、どうにも耐えられなくなってしまうのだ。虎之助も長崎の異人などに手を回し、身体の大きなうしの嫁を探しているのだが、まだ見つかっていない。

虎之助も、早くうしの仔が欲しいので、どうにか見つけてあげたいとやっきになっているのだが――。

「待ってろ、うし。まもなく、曲者の肉を思いっ切り噛ませてやるからな。なんなら、やっちゃったっていいんだぞ」

吠えるのを我慢しているうしに、そう言ったとき、

みしり。

天井裏でいったんはじっとしていた何かが、また動いた。

「虎之助さん」

いっしょにいた町太と周次がこっちを見た。

「よし」

「はいっ」

周次がうなずいて出て行った。

間者が忍び込んで来たのだ。だが、これは想定内である。

しかも、誰が送り込んだかは、容易に想像がつく。

「吉宗のやつ、この段になって、おれが警戒していないとでも思ってるのかな」

虎之助は町太に言った。

「この屋敷はいまや、罠《わな》だらけですからね」

周次がもどって来て、

「全員、動きます」

と、言った。

「よし、捕まえるぞ」

間者が狙っているのは、もちろん、以前、虎之助が紀州藩邸から勝手に持ち帰った文だろう。だが、いきなりやって来た奴が盗めるようなところに、あんなものを置いているわけがない。

母屋《おもや》の屋根のあたりは、わざと侵入しやすくしてある。だから、忍び込むのは容易だが、そこから先はネズミだって入れない。まさに袋のネズミになる。

それから間者はどうするか？

屋根の上に出るしかなくなる。

案の定、屋根のいちばん高くなったあたりに、
ぽっ。

と、黒い影が出た。

雲が出ていて、月明かりはない。間者もそういう夜を選んで侵入したのだろう。だが、江戸の町は、ほうぼうに辻番や番屋の明かりがある。そのかすかな火に、影は浮かび上がるのだ。

「追い詰めろ」

と、虎之助は言った。

有馬家には、加賀鳶と並んで有名な火消しの衆がいる。人呼んで有馬火消し。つねづね鍛え上げられている。屋根の上の動きは、間者なんかに負けるわけがない。

それも、二百人いるうちの半数が動いた。

「いた、いた、あそこだ」

「おう、見つけたぜ」

黒い影は慌てて逃げ出した。

こうした屋根の上の追走劇も、近所の者が見たって、「また有馬さまの習練が始まった」と思うだけだろう。

火消しの衆は、追いかけている間者に向かって、

「有馬屋敷に、屋根から忍び込む馬鹿もいるんだな」

「江戸の半分は、誰が火事から守っていると思ってるんだろうな」

などと、聞こえよがしに話している。

「ほらほら。そっちに行ったら行き止まりだぞ」

屋根は、上から三列目までは、ほとんど滑らない瓦になっているが、そこから下は滑りやすい瓦であるうえに、油を塗ってある。

案の定、曲者はいきなり滑って横倒しになった。

そのようすを下から見ていた虎之助は、

「やった」

　と、手を叩いて喜んだ。

「けっけっけ。あれは痛かったぞ」

　じっさい、影はわきを押さえ、痛そうにしている。ずるずると、身体が落ちて来ている。

「よし。そのまま、下に落ちろ！」

　と、虎之助は怒鳴った。

　だが、間者は咄嗟に懐から取り出した匕首のようなものを、瓦に突き刺すようにして、滑るのを食い止めた。それから、腕だけで這い上がって行く。

「糞。やるではないか。こうなったら、自害などできぬよう、纏《まとい》でもぶっつけて上から落っことせ」

　と、虎之助は乱暴なことを言った。

「わかりました」

　ところが、そのとき、もう一人の間者が出現した。

　黒ずくめで、覆面もしている。

第二の間者は、出初《でぞめ》の儀式で使う大きな梯子《はしご》を屋根にかけた。

「あっ」

虎之助が叫んだが遅い。

間者はそれに飛びつくと、大きく宙を横切り、そのまま向こうの塀の外へと飛び出してしまった。

一人が身を捨てて、もう一人を逃がしたのだ。

「糞っ。そっちは逃がすな」

火消しの衆や藩士たちが、いっせいにもう一人の間者を取り巻いた。

「よし、うし、あいつを思い切り噛んでやれ」

虎之助はうしをけしかけた。

「がるがるがる」

だが、うしは走り出さない。

「どうした？　食いついていいんだぞ、うし」

だが、うしは動かない。この凶暴な犬がどうしたのだろう。

うしがぐずぐずするあいだに、もう一人の間者は捕まえられ、虎之助の前に引っ立てられた。
黒装束に覆面姿である。
わきにいた火消しが、覆面をはぎ取った。
「あ、こやつ、先日辞めたばかりの、女中のおつんではないか」
町太が言った。
虎之助も見覚えがある。うしの世話をしていたのもこの女中だった。
道理でうしが嚙みつかないはずだった。

二

「まさか、おつんが、ほんとに間者だったとはな」
間者になるような女中というのは、たいがい楚々《そそ》として、無口で、目立たない女なのである。そのくせ、よく見ると、ついむらむらっと来るような美貌の持ち主でもある。手の早いやつや、女に堪え性のないやつは、魅入られたように手を出し、床のなかでべらべらと秘密を暴露してしまう。

それで、いざ間者だったとわかると、

「まさか、あの女中が、間者だったとはな」

と、判で押したように驚くのである。

だが、おつんはいかにものぞき趣味で、屋敷のあれこれに露骨なくらい興味を持ち、夜もいろんなところに出没した。

それがあまりにもあからさまだったため、逆に、ただの物見高いおばさんと思ってしまったのである。

また、歳は四十半ば、器量のほうも、なかなか食指が動きにくい、泥臭い感じがするのも、疑いの目が向かいにくかったのだろう。

「わたしも意外でした」

と、多門も衝撃を受けている。

その衝撃ぶりから、虎之助は怪しんで、

「あんた、まさか？」

と、訊いた。

「申し訳ありません」

「あの女にも手を出したのか？」

　咎めるより、感嘆の気持ちのほうが強い。あの女に手を出したのかと。

「さすがに、いまどきわしに夜這いされて、黙って受け入れる女は、あれくらいしかいなかったので」

「あれ？　おつんは子どもができたとか言ってなかったか？」

「……………」

　多門が言いにくそうにしているので、町太を見ると、

「そうです。相手の男の名は訊いても答えないので、暇を出すことになったのです。女中たちの噂ですと、出入りの魚屋か八百屋だろうということだったのですが」

　なんのことはない、当家の家老が父親だった。

「あんたも相手を選ばないよなあ」

　虎之助は呆れて言った。

「もちろん、なにも秘密は話しておりませぬぞ」

「まあ、そこは信用しているよ。いままで何人も妾を持ったけど、秘密が洩れたことはないからな」

この爺さんは、女に対しても、つねにしらばくれていられる男なのだ。

「殿、いまからおつんを拷問にかけて、いろいろ訊き出しますか?」

警護役の藩士が訊いた。

「馬鹿言え。多門の子が腹にいる女を、拷問になんかかけられるか。それより、こっちの味方をせよと、多門に説得してもらうのがいちばんだろう」

虎之助がそう言うと、多門は黙って頭を下げた。

「ところで、多門、出かけていたようだな」

いま、帰って来たばかりらしい。

「ええ。西の丸などに寄って、いろいろ話を訊いてまして」

さすがに老練な江戸家老である。ちゃんと訊くべきことは訊いて回っている。

「どうだ?」

「今日の話ですと、大奥ではぐんと尾州公が有利になったみたいですぞ」

「そうか」

「ういろうの評判も悪くはなかったですが」

「ういろうがな」

「やはり、殿がお配りした有馬袋は効果があったようです」

「だろうな」

じつは、あの袋には籤《くじ》をつけておいた。百個に一個が当たり籤で、それを引いた者は、次に有馬虎之助と会ったとき、

「好きなところを触り放題」

という特典になっていた。

あれが人気にならないわけがない。

「有馬さまがついているなら、大奥にも悪いことはないだろうというのが、年寄りなど大奥の有力者の評判だそうです」

と、多門は目配せしながら言った。

「む」

虎之助は満足げにうなずいた。

大奥を制する者が、天下を盗るのだ。

「ところで、虎之助さん。あの文は使わないのですか？」

わきから町太が小声で訊いた。

町太はあの文の存在について知っている数少ない身内の一人である。

紀州忍者の頭領らしき者が、吉宗に宛てた文。それを読めば、吉宗が兄たちを暗殺するという卑劣な手で、紀州藩主の座を得たことが窺えるのだ。

だが、虎之助は、

「どう使うんだ?」

と、訊いた。

「将軍を誰にするか審議するお方に渡したら?」

「そいつが、じつは吉宗派だったら?」

「ああ、握りつぶされますね」

いまは、誰がどちらなのか、まったくわからないのだ。

「ああいうのは、持っていることで脅しになるのだ。見せたらそれで終わりだ」

と、虎之助は言った。

やくざの脅しの常套《じようとう》手段である。

「はい」

「しかも」

「しかも、なんでしょう？」

「尾張でも紀州と似たようなことが起きている。吉宗は当然、摑んでいるだろうな」

「そうなのですか」

あの間抜けな継友でも、それなりのことはしたのかもしれない。あるいは、尾張のほうはただの偶然かもしれない。

「だが、継友が将軍になった時点では、あの文を使うことになるだろう」

「なってからですか？」

「ああ。それで完全に、吉宗の息の根を止めてしまうのさ」

と、虎之助は目を光らせて言った。

「わかりました」

「ちと、そこらのことも含めて、明日にでも通春さまと相談してくるか。ケチな当主に相談するよりずっと役に立つだろう」

虎之助がそう言うと、

「殿。それにしても奇縁でしたな」

と、有馬多門が懐かしそうに目を細めた。

「通春さまのことか？」

「はい。あれはもう何年前になります？」

「七年ほど前になるか」

まだ綱吉が存命だったころ、じつは、虎之助は徳川通春を久留米の有馬家の養子にもらおうとしたことがあったのである。

むろん、それには虎之助の深謀遠慮がからんでいた。

将軍家の血筋をいったん有馬家に入れ、ことがあったとき、その血筋にものをいわせ、将軍の座に就かせる。

そのとき、虎之助は将軍の父、大御所になるわけである。

これぞ、虎之助十八番の、養子になって母屋を奪うという策。

だが、最後の詰めのあたりで御三家周辺から反対する声が出て、結局、この話はお流れになったのだった。

当時、通春はまだ十四歳。ひそかに根回しされた話だったので、当人は知らないはずである。

その通春と、いま、こうしたかたちでめぐり会うとは、虎之助も思いも寄らなかった。

三

虎之助は、市ヶ谷の尾張藩邸を訪ねた。

通春は、ちょうど屋敷の道場で、剣術の稽古中だった。

もちろん継友はいない。訊けば、能の稽古中だという。能は武家の儀式には欠かせない芸ごとだが、虎之助が近づかないようにしているものの一つである。あの、のったりした物言いを聞いていると、「もっと早くしゃべれ」と叱りつけたくなるのだ。

「見せてもらってもよろしいか？」

と、虎之助は通春付きの用人に訊いた。

「どうぞ。通春さまもお喜びでしょう」

道場の隅に座った。仔馬なら駆け足で回れるくらい、大きな道場である。

「てゃあ」

通春が気を発したが、打ち込んではいない。

だが、凄まじい気合で、

「ほう」

と、虎之助は感心した。

木刀といっても、先を布でくるんだ竹の棒を使っている。あれなら、じっさい打ち込んでも、たいした怪我はしないだろう。

それを使っているのは、通春と相手だけなので、独自の工夫なのかもしれない。

「えいっ」

今度は踏み込んだ。通春の木刀がぐんと伸び、相手の肩を打った。

同時に横へ飛んで、胴を薙《な》いだ。

真剣なら即死である。肩も胴も、深々と斬り裂いている。

「参りました」

相手が痛そうに顔をしかめて、頭を下げた。

「お見事」

虎之助が声をかけた。

「お、有馬どの」

「たいしたものですな」

「柳生新陰流《やぎゅうしんかげりゅう》です」

通春は誇らしげに言った。

「これが」

「しかも、将軍家に伝えられた新陰流より、尾張に伝えられた新陰流こそ、最強と言われています」

その噂は、虎之助も聞いたことがある。

柳生家は、将軍家の兵法指南役となったが、尾張徳川家にも入り込んだ。そして、この尾張のほうに出た柳生連也斎《れんやさい》こそが、新陰流最強の遣い手だった。

すなわち、上泉伊勢守《かみいずみいせのかみ》、柳生石舟斎《せきしゅうさい》、そして柳生連也斎と伝わった新陰流こそが、正統であり、最強だと。

「ま、そういう話は、いろいろありますからな」

虎之助は、武勇伝だの秘伝だのという話は、あまり信じない。なにせ、やくざの剣術がいちばん強いと信じ切っているのだ。

そんな気持ちを汲み取ったらしく、

「正統派は駄目ですか？」

と、訊いた。

「いや、まあ」

「たしかに、有馬どのの途方もない強さは、いろいろと洩れ聞いています。どうです、一手、ご指南いただけませんか」

「生憎と、道場の剣術というのはまったく駄目で」

「そうは変わらないでしょうが」

「道場の剣術は、踊りといっしょ。わたしは踊れないのですよ」

これには通春ばかりか、道場にいた尾張藩士たちも、さすがに鋭い目を虎之助に向けた。

「そこまで言われたら、なんとしてもご指南いただきませんと」

通春は無理やり虎之助を立たせ、木刀を押しつけた。

これは見ものとでもいうように、稽古をしていた二十人あまりが、皆、手を休めて、端に寄った。

「仕方がないですな」

と、虎之助も向き合って構えた途端である。

ぽん。

と、頭を打たれた。

「あら？」

と、虎之助は目を丸くし、

「え？」

あまりの手応えのなさに通春も唖然《あぜん》とした。

「もう一度、やりましょう」

虎之助はそう言って、自分から踏み込んだ。

相手の右手のほうを駆け抜けながら、小手を叩こうとしたが、完全に見切られたらしく、するりとかわされた。しかも、通春の木刀は大きく旋回し、またもや虎之助の頭を、
ぽん。

と、打った。

「たはっ」

情けない声が出る。道場のあちこちから笑い声が上がった。

「やはり、わたしは道場はいかんですな。外に出ていただかないと」

「外に出たら、柳生新陰流の極意にも負けぬとおっしゃるか」

「何流だろうと」

「いいでしょう」

通春は道場の外に出て、裏手に回った。道場にいる者のほとんどが、後をついて来た。

「ここでよろしいか？」

通春が訊いた。

そこは、雑木林の一角で、坂になっている。

「そうそう。こういうところなら、わたしはだれにも負けません」

虎之助が右の袖をまくり上げ、右腕一本で木刀を持つと、

「ほう」

通春の顔が変わった。

得体のしれない迫力を感じたのだろう。

虎之助は突如、突進した。

波を打つような走りである。じっさい、膝と上半身とで、身体を波打たせている。

同時に、縦だけでなく、横にも揺さぶっている。

前にいて、走ってくる虎之助を見たら、まさに獣のように見える。

「うぉおーっ」

虎之助は咆哮《ほうこう》した。

そのまま大きく跳び、振り回すようにした木刀は、通春の頭を狙った。

「はっ」

通春は思いのほか鋭い木刀の伸びをのけぞってかわし、虎之助の背後に回り込もうと、身を翻した。

すると、虎之助が消えた。

「え？」

虎之助は地面に横たわり、こっちに転がって来ていたではないか。

こんな低い位置にいる相手に打ち込むという動きを、通春はやったことがないだろう。

木刀を持つ手が彷徨《さまよ》った。

その途端、脛《すね》を払われた。

「うっ」

痛みを感じたが深手ではない。

飛びすさって、次の動きに備えるべく構えようとしたが、虎之助は地べたに這いつくばったまま付いて来た。

「嘘だろう」

木刀の先が、通春の股に当たっていた。

「股座、一本」

虎之助が笑って言った。

四

井戸端で汗を拭き、通春といっしょに部屋に入ると、昼飯が二膳、用意されていた。通春と虎之助の分である。

「おう、これは」

「腹が空きましたでしょう」

膳にはウナギのかば焼き、味噌に漬けたらしいカモの肉、そのほかにも虎之助の好物である卵焼きなどのおかずが載っている。

「これはうまそうだ」

「お付きの方たちも、向こうの部屋でいただいてもらいます。さ、どうぞ」

給仕の女中が来て、飯を盛るやいなや、まずは二人とも凄い勢いで飯をかっ込んだ。

さっきの武芸の話はしない。

虎之助も、しようがないのである。なにせ、定型もなければ、理論もない。次にどういう動きになるのか、自分でもわからない。説明もできなければ、教えようもない。

ただ言えるのは、勝つため、生き残るために動くということだけ。

通春もそれは察したのだろう。これは、剣術とは別のものだと。

ナニ術と、名前もつけようがない。そもそも、術と呼べるかも疑わしい。まさに、虎に向かって、なんという武術を学んだのだ？　と訊くようなものである。虎は答えないが、途方もなく強いのに間違いはない。

だから、なにも訊かない。

「これはうまいですな」

と、虎之助は食べながら言った。

「濃い味はお好きですか？」

「味は濃くないと、食った気がしませんな」

だから、京都の料理は苦手である。どれも薄味で、ちっとも食った気がしない。

あとでなにを食ったかも忘れがちになる。

国許に帰るときも、京都では飯を食わないようにしている。我慢して、大坂で食う。あそこはこてこてに濃い味で、一食、口にすると、三日は口に残っている気がする。

「では、名古屋の飯はお口に合うでしょう？」

虎之助は、ういろうは合わなかったことは言わず、

「ええ。この、カモを漬けた味噌の味は、絶品ですな。まったりとコクがあり、口のなかにいつまでも居つづけてくれる甘さもいいです」

さも食通みたいなことを言った。

「言いにくいのですが、それはカモではなく、イノシシです。味噌に漬けると、臭みが消えて、こういう味になります。これは精がつきます」

「なるほど」

やはり、名古屋というところは独特らしい。

この通春も若いけれど、一癖ありそうで面白い。

濃い味で飯も進み、三杯目を食べ終えたところで箸を置き、

「将軍が誰になるかですが、たぶん、尾州公で決まりでしょう」

と、虎之助は言った。

家老の多門の予想が外れたことは、いままで一度もない。

「そうですか」

通春の表情は変わらない。

たぶん、自分自身が候補でも、同じような反応なのではないか。

「まったく、通春さまがご当主であったら、こんな心配はなかったのですが」

「そしたら、有馬どのは大御所になっていたかもしれませんしね」

「え？」

「養子になっていたかもしれないのでしょう？」

通春は笑っている。

「お聞きになられたので？」

「聞きました。つい、先日、用人から」

やはり、あのときは多門を中心にして秘密裡《ひみつり》に進めた話だったので、当人には伝わっていなかったのだ。

「差し出がましいことをいたしまして、申し訳ありませんでした」

と、虎之助は詫びた。

「なあに、そうなっていたら、もっと面白かったかもしれませんね」

本当にそうなのである。

この通春が、自分の子どもになっていたら……だが、世のなかはそうそう思うとおりには進まない。

「いまとなると、吉宗が自棄《やけ》になって、なにかして来ることのほうが心配です。そこをご相談しようと思いまして」

「そういう往生際の悪いことをして来ますか？」

「します。紀州公は、往生際はよくないです。将軍が決定し、準備を経て、じっさいに千代田のお城に入られるまでのあいだが危ないでしょう」

吉宗は、根が不良である。

不良でも別に構わない。虎之助など、不良中の不良である。

ただ、吉宗は勝気な不良である。とにかく人に勝ちたい。上に這い上がりたい。上になれば下を抑えたい。そういう不良で、これは性質がよくない。

いつまでも、うじうじとしつこいのだ。

逆に、虎之助や通春は、強気な不良である。

根っから自信があるから、人のことなどどうでもいい。

したいことをする。こちらは颯爽としているから、人気も上がる。

ただ、喧嘩となると、なまじさっぱりしている分、勝気な不良に苦戦を強いられる。もっとも、苦戦を苦戦とも思わぬところも、強気な不良の特徴である。

「なるほど。吉宗公はしつこいですか」

「逆に、そこさえ乗り切れば、もう怖いものはありませぬ」

「そうでしょうね」

と、通春はうなずいた。

「さて、どういう手を使って来ますか」

「吉宗は忍者を多用するらしいですね」

と、通春は言った。

やはり、そのことは知れ渡っているのだ。

「千代田城の本丸にも入り込んでいました。わたしは一人、とっ捕まえて、伊賀者に引き渡しましたが、あれは間違いなく、紀州公の手先です」

「本丸まで……」

「通春さま。そもそも忍者というのはなんなのです？」

黒装束で手裏剣を投げるやつらを忍者と言っているが、その実態については、なにも知らないと言っていいくらいなのだ。

「そもそもは、戦国の大名が重用した密偵たちでしょう。各地に、それぞれの忍びの術を磨いた者たちがいて、代表的なところでは、伊賀国の伊賀者、甲賀の甲賀者、どちらも家康公が取り込みました」

「そうですな」

「伊豆の風魔《かざま》一族なども北条家が重用したと聞いています。紀州にも、そうした者がいるのかどうか」

と、通春は言った。

「ま、要するに戦国の世のやくざみたいなものですか？」

「やくざ？」

通春は考え、首をかしげた。

やくざの実体など知っているわけがない。

五

徳川通春は、

「尾張藩にも忍び者の子孫はいるので、その者たちを招集し、再度、動かす手はずを整えましょう」

と約束してくれた。

虎之助も、久留米藩でも吉宗への対抗策を講じると約束し、赤羽橋の久留米藩邸に帰って来た。

まずは、家老の有馬多門を呼び、

「忍者というのについて知りたいが、あんた、知ってるか？」

と、訊いた。

「忍者？」

「さよう。どういう技や武術を使うのか。どんな訓練をしているのか。要は、その忍者どもに勝てる訓練をしておかなければならないんだ」

「ははあ。殿、それにはぴったりの男がいますぞ」

多門は膝を打って言った。

「ぴったりとは？」

「伊賀組の副頭領を務めた男で、服部流星《はっとりりゅうせい》といいます。かつては、久留米藩などにもさぐりに来ていて、わたしとは敵同士でしたが、隠居した今では、肝胆相照らす仲となっております」

有馬多門のなにが凄いといって、かつての敵も隠居してしまうと、どんどん味方に取り込んでしまうのだ。

日本中の大名家の奥向きに詳しいのは、隠居した敵を摑んだからだろう。

「そりゃあいい」

「増上寺の裏手に別宅を持って住んでいますので、すぐに呼びましょう」

と、やって来たのが、多門に負けず劣らずなんとも妙な爺さんである。

小柄だが、動きは機敏そうである。だいぶ髪は少なくなっていて、苦虫を嚙みつぶしたような表情は、人生でいいことなど、なに一つなかったのではないかと思わせる。

「すまんな、流星」

と、多門は声をかけた。

「なあに。多門、おぬしの役に立てるのは嬉しいよ」

「わしも助かる」

と、仲がいいのは事実らしい。

「それで、なんだ、訊きたいこととは？」

「紀州公が忍者を多用しているらしいが、どういうものか知りたくてな」

と、多門が言った。

「紀州公ねえ」

流星は、微妙な顔をした。

「どうかしたか？」

「あの方は、ずいぶん伊賀者を馬鹿にしたようなことを言っているらしい」

「失礼な話だな」

と、多門は調子を合わせた。

「紀州の忍者はどういうやつらなのだ？」

虎之助が訊いた。

「なあに、神出鬼没でとんでもない技を使うと恐れる者もいるようですが、そんな馬鹿なことができるわけありません」

「そうなのか」

「しょせんは人間」

　と、流星は達観したように言った。

「人間？」

「そうです。たかが人間。いくら鍛えたって、鳥のようには飛べぬし、馬より速くは走れませぬ」

「だろうな」

「こそこそ隠れる」

　と流星は指を一つ折った。

「ぺらぺらと嘘をつく」

　もう一本、指を折った。

　それから、三本目を折って、

「ぬけぬけと卑怯を恥じない。これが忍者の三要素です」

　と、言った。

　どうも忍者という過去に恨みでもあるらしい。

「そりゃあ、やくざよりひどいな」

虎之助は呆れて言った。

「やくざより？　もちろん、ひどいですとも。やくざはまだ、親分に忠誠心があるでしょう。忍者はないです」

手をひらひらさせて、服部流星は言った。

「ないのか？」

「はい。金のためなら、あるじも軽く裏切ります」

「ほう」

武士というより、芸人に近いのかもしれない。

「それを、給金を約束し、どうにか裏切らないようにさせたのが家康公」

「なるほど」

「でも、それだと、やっぱり忍者ではなくなるのです。案の定、伊賀者は駄目になりました。いまは、家に黒装束があるだけの、ふつうの下級武士です」

流星は、自らを嘲笑《あざわら》う調子で言った。

「紀州の忍者もそうか？」

「伊賀者ほど、駄目にはなっていなかったのでしょう。紀州の在には、まだそういうのがいて、そいつらにうまいことを言って、使い出したのでしょうな」

「なるほど」

「だが、同じです。どうせまた、伊賀者と同じ轍《てつ》を踏みます。忍者というのは、あるじに忠誠を誓った時点で落ちぶれ始めるのです」

「技や術のことはどうだ？」

と、虎之助は訊いた。

「ま、紀州の術も、伊賀の術もそう変わりはないです。紀州の忍者というのは、熊野の行者のはぐれ者です」

「熊野の行者？」

そんなことを言われても、食うものなのか、舐めるものなのか、虎之助はなにもわからない。

「熊野というのは、紀州の南半分ほどを占め、そこにある熊野本宮大社《ほんぐうたいしゃ》、熊野速玉《はやたま》大社、熊野那智《なち》大社の三つの神社は、熊野三山と呼ばれて、多くの修験者や参拝者を集めています。その全国を歩く修験者のなかから、間者として働く一団が生まれ、いまにいたるまでひっそりと生き残ったのでしょう」

服部流星は、文献を読みあげるような調子で言った。

「よく知ってるな」

「われわれも、まともに戦うことはしませんでしたが、全国津々浦々の大名たちや、忍びの集団については、ことごとく調べ上げましたから」

「ちっとはつぶしておけばよかったのにな」

多くの藩をつぶしてきたのだから、忍者の里くらい、いくらでもつぶせたはずである。

「まあ、そこまでするほどの相手はいなくなっていたのですよ」

「なるほど」

「いちおう山歩きばかりしていた連中ですから、江戸の伊賀者とでは体力は違います」

「そこか」

とは言っても、体力の違いは大きい。勝ち負けを制するのも、結局はそこである。

「それと、呪術くらいは使うでしょう」

「じゅじゅじゅちゅ？」

舌が回らない。

「呪いです」

「呪いか。あんなものは、嘘っぱちだぞ」

虎之助がそう言うと、

「言い切れますか？」

流星は訊き返した。

「言い切れるさ。怪しげな雰囲気だけは漂わせて、ああ、おれは呪われたと思わせるんだ。人間なんてのは、それだけで身体を壊すやつもいる。だが、正体は、毒物と暗示だ。あんなことは、おれだってやれるわ」

「ほう」

「神仏のことも、その類いだらけだぞ」

虎之助はさらりと言った。

「さすがですな」

と、流星は多門を見た。

「だろう」

多門は自慢げにうなずいた。多門がつねづね、うちの殿さまの自慢をしていることが窺えるやりとりである。

「そこまでおわかりでしたら、充分、備えられますでしょう。あとは、それぞれに得意な技などはあるでしょうが、一見、凄そうに見えても、手妻のようなタネはあります。そのつど、おっしゃってくれたら、なんだって教えますぞ」

服部流星はぽんと自分の胸を叩いた。

流星がいなくなると、

「久留米藩の藩士より、丑蔵一家の若い衆を鍛えたほうがよさそうだな」

と、虎之助は町太に言った。

「やくざを使うんですか？」

「おれんとこの藩士は、ほかの藩士よりは鍛えている。それでも、武士ってのは、代々であれば誰でもなれる。選ばれていない」

「たしかに」

「そこへ行くと、やくざってのは町でもとびきり喧嘩の強いやつがなる。つまり、そこでもう選ばれているから、鍛えるのにも土台が違う。忍者にだって負けるわけねえだろうが」

「なるほど」

「さあて、おっかあのところに相談に行くか」

とりあえず、若い衆から三十人くらいを鍛え上げ、紀州の忍者とやらにぶつけることにした。

六

ところが――。

丑蔵一家に来てみると、どうもようすがおかしいのである。

二階に幹部が集まって、相談ごとをしていたらしい。

虎之助と町太、そして周次が顔を出すと、

「あ」

皆、微妙な表情に変わった。

「なんだ、しけた顔をしやがって。なんかあったのか？」

「虎。あんたは知らないふりをしていたほうがいいよ」

「なに、すっとぼけたこと言ってんだよ。有馬家の屋敷はすぐそこの赤羽橋だぜ。芝の騒ぎは、おれの責任でもあるのさ」

「…………」

「なんだ、縄張りでも侵されたのか？」

「それはまだ、ないよ。だが、思いも寄らないことが起きたのさ」

「おいおい、やくざの世界に思いも寄らないことなんざあるのか。なにがあっても不思議じゃねえ世界だろうが」

「たった一晩で、江戸の半分は蛸屋の鉄吉ではなく、新宿の座頭勝が治めるようになっちまったのさ」

「なんだと？」

虎之助は、驚きのあまり大きな声を上げた。

「ほら、驚いたろう」

「鉄吉になにがあったんだ？　ついこのあいだは、うちの山次と鉄吉の娘が祝言を挙げると言ってなかったか？」

　虎之助が訊くと、わきで町太と周次もうなずいた。

　このところのごたごたについて、虎之助は辰から説明を受けた。

「そりゃあ、一晩じゃなくて、鉄吉のところは前から崩されていたんだろうが」

と、虎之助は言った。

　鉄吉一家の主だったのは、すでに転んでいたのだ。

　このあいだ、吉原で座頭勝が斬ったのは、最後まで逆らいそうな、面倒な一派だったのではないか。

「そうなんだろうね」

「しかし、ずいぶん簡単に転んだもんだな」

「座頭勝ってのは、金を持ってるんだよ」

「そんなに揉み治療というのは稼げるのか？」

「違うよ。幕府は、盲人に金貸しを許可してるんだ。それで、座頭勝ってのは綽名みたいなもので、本当は金貸しのいちばん上の〈検校《けんぎょう》〉という位なんだとさ」

「へえ」

「その資金ときたら、大名にも貸すくらいらしいよ」

「それだとやくざは崩されやすいわな」

力の脅しには意固地になっても、金を動かされると、どうにも脆《もろ》いのがやくざの弱点なのだ。

「だが、鉄吉の死に方は不思議だったよ」

と、辰は首をひねった。

詳しく聞くと、たしかに妙である。

とりあえず、町方には届けを出していないらしい。

お互い、後ろ暗いところはたっぷりある。

「山次はどうしてるんだ？」

と、虎之助は訊いた。

「死んじゃいないよ。でも、腹をやられたとき、どっかの線が切れたらしく、片足がほとんど動かなくなっちまった。やくざとしてはもうお仕舞いだね」

「とりあえず、山次を引っ張り出してくれ。そのときのようすを訊きてえんだ」

「わかった」

虎之助は、辰や町太らとともに、両国橋の西詰に――。

まもなく、子分に肩を抱かれた山次もやって来た。顔色も悪く、怪我人というより病人に見える。

柳橋を渡ってすぐのところにある鶴亀楼。

山次は外から上を指差して、

「その二階の端の部屋です。あっしと鉄吉さんがいたのは」

と、言った。部屋の下は、もう川の縁である。

「そっちのそば屋や下駄屋の二階も借りたんだろう？」

「はい。そば屋には百人ほど。それで、さらに下駄屋の二階にも五十人ほど入ってました。なにせ、合わせて千人ほどの大宴会でしたので」

と、山次が自慢げに言った。いまさらなんの自慢になるのかわからないが。

「鶴亀楼のほうから入り込むのはぜったい無理だと思うよ」

辰が言った。

「だったら、そっちのほうから渡って来たんだろうが」

と、虎之助は下駄屋のほうを指差し、

「あの晩、そこのおやじが揉み治療をやってなかったか、訊いて来てくれ」

「へえ」

若い者がすぐに下駄屋に行って、もどって来た。

「やってたそうです。流しの座頭に入ってもらったって」

「そいつが座頭勝だったのかい！」

辰が叫んだ。

「でも、解せないことだらけです。あのとき鉄吉さんは妙なことを言ったんです。いちばん恥ずかしいものを見せるって」

山次が不思議そうに言った。

「いちばん恥ずかしいもの？」

「ええ。いま考えると、あれはやっぱり変でした。もしかしたら、あのとき鉄吉さんは誰かを呼び込んだのではないでしょうか？」

「いや、違うな」

虎之助は断言した。

「じゃあ、なんだったんです？」

「それは鉄吉のおふざけみたいなことだったんだ。可愛い娘の婿をからかって遊ぼうくらいの気持ちさ」

「わかりませんね」

「鉄吉は、脱腸だったんだ」

「脱腸！」

「おれは、あいつといっしょの船に乗ったとき、ふんどしのふくらみを見て、すぐに思ったぜ。もちろん、あれは出たり入ったりするんだが、出ているところをお前に見せて、びっくりさせようって、その程度のことだった」

「そうなので」

「だが、そのやりとりを、窓のほうから座頭勝が見ていた」

「どうやって？」

「船だろうな」

「船！」

「最初は下駄屋に潜り込んで、ようすを窺っていたんだろうな。座頭ってのは、警戒心を抱かれないから、どこにでも入り込めるし、揉み治療を嫌がるやつもいねえ。

だが、そうこうするうち、屋形船を寄せれば、近寄れることに気づいたんだ」

「屋形船を呼んだんですか？」

「もともと、逃走用に用意はしてあったんだろう。提灯も点さず、そおっと夜陰にまぎれて近づくこともできるぜ」

「ははあ」

「それで、屋形船に下駄屋のほうから乗って、屋根に移り、こっちに寄せて来た。するとと、ちょうど鉄吉がそういうおふざけをするところだった。鉄吉だって、まさか、窓の外から刃が突き出されるとは思わなかったろう」

虎之助はそう言って、鶴亀楼のその部屋へ皆といっしょに入ってみた。

山次は、あのときの光景を思い出したらしく、畳を撫でながら、しばらく悔しそうに泣いた。

「ほら、ほら、泣いてる場合じゃねえ。見てみろ。船は寄せられるし、刀だって突き出すことができるだろうが」

虎之助は、窓の外を見て言った。

じっさい、ここは二階が川に向かって突き出すかたちにつくられていて、大きめの屋形船が寄って来れば、二階の屋根からこの窓に手をかけることもできそうだった。

「座頭勝の野郎！」

辰が喚《わめ》いた。

「おっかあ。落ち着け。どうやら座頭勝ってのは、相当な曲者みてえだ」

「そりゃあ、そうさ」

「だいいち、座頭勝は一人かどうか、わからねえぞ」

それは、たったいま思ったことだった。虎之助独特の勘である。

「え？」

「一人とは限らねえっていうのさ。なにせ、座頭ってのは頭を剃り上げ、目をつむってれば、それ以上、人相を見たりすることはねえ。そのなかには、目明きが盲人の振りをするやつだって、いねえとも限らねえだろうが」

「あ」

かつて、虎之助は、自分そっくりの男を影武者にして、参勤交代をごまかそうとした。だから、この手のごまかしにはうるさいのである。

するると、下で騒ぎが始まったらしい。

「おい、丑蔵一家の連中じゃねえか」

という声がして、見ると、丑蔵一家の若い者が、十人ほどのやくざ者に囲まれている。

「だから、なんだ?」

「柳橋からこっちは、おれたちの縄張りだぞ」

「とっとと帰らねえと、大川の底に沈めるぞ」

偉そうに喚いている。

だが、虎之助が窓から顔を出し、

「ほう。おめえら、このあいだまで鉄吉の子分だったやつらじゃねえのか。ずいぶん面白いことが言えるようになったもんだな」

と言うと、

「水天宮の虎だ」

「まだ、生きてやがったんだ」

少しずつ後じさりして行く。

もう七、八年も、虎之助はやくざとして表に出ていなかった。伝説のやくざと化していた。芝から離れたあたりでは、死んだと思う者がいるのも、けっして無理はない。

「水天宮の虎がいるんだったら、迂闊には攻め込めねえ」

そういう声もした。

七

だが、すでに丑蔵一家のすぐそばまで座頭勝の手は伸びていたのである。

虎之助たちが、いったん丑蔵一家にもどると、佃島《つくだじま》の住吉神社の神主が、挨拶に来たところだった。

江戸湾に浮かぶ佃島。

ここは特別な島である。

徳川家康が、佃村から海の忍者ともいうべき人たちを連れて来て、ここに置いた。

海防の要となるはずだった。むろん、戦が絶えたいま、当初、入ってきた人たちから、その役目は有名無実になっている。

だが、その荒い気風は残っているのだ。対岸の者は、

「佃の者とは喧嘩しちゃ駄目だぞ」

そう若い者に教える。かならず話はこじれ、やくざが現われるというのだ。

その佃島の要になっているのが、住吉神社。

いまの神主は、盲目だった。その神主が、座頭勝と義兄弟の契りを結んだと、報告に来たのだった。

辰はこみ上げる怒りをこらえ、

「どういうつもりなんだい?」

と、訊いた。

「座頭勝は、揉み治療と鍼《はり》治療の名人なんだ」

「それがどうしたんだい?」

「盲人の揉み治療は、この十年ほどでいっきに増えたのだ」

と、神主は言った。

盲人のためになる政をしたのは、意外にも徳川綱吉だった。

綱吉が頭痛に悩んだとき、座頭の杉山和一《すぎやまわいち》の揉み治療で、ぴたりと治まった。喜んだ綱吉が、「なんでも好きなものを褒美としてやろう。なにが欲しい？」と訊くと、杉山は、

「目が欲しゅうございます」

と、答えたので、綱吉は困惑したという逸話がある。

そのかわり、本所一つ目に屋敷をもらった杉山和一は、ここに盲人のためにと鍼治療の稽古場をつくった。それまでも盲人は揉み治療に従事することが多かったが、さらに鍼を学ぶことで、仕事がかなり確立されたのである。

「座頭勝は、揉み治療も鍼治療も名人だ。あらゆる病を治すこともできる」

と、神主は言った。

「そんな馬鹿な」

辰が笑ったのは、いささか軽率だったかもしれない。

「馬鹿なじゃない。現にこのわたしも、完全に見えなくなっていた目が、この半月でうっすら光と影を感じるようになってきた」

「へえ」

「わたしはね、そういう恩人に、この島をまかせることにしたのさ」

神主はそう言って、帰って行った。

「やっぱり油断があったんだね」

と、辰は悔やんだ。

「この十年近く、抗争はなかったんだからな」

と、虎之助もうなずいた。

「気持ちはたるむんだね」

「まあ、ここからぐっと引き締めるこった」

「それで、虎に頼みなんだけど、いまの四天王と呼ばれるうちの連中を、もう一叩きしたいんだよ」

「そりゃそうだ」

「ついては、ひと月ほど、町太と周次を貸してもらえないかい？」

「二人を？」

話は逆である。虎之助は、紀州忍者と戦うため、若くて威勢のいいやくざを借りに来たはずなのだ。

「なんせ、二人は昔のひりひりした雰囲気のなかで育ったんだから」

「どうする？」

と、虎之助は二人を見た。

そのとき、藩邸から使いがやって来た。

「殿。将軍が決まったようです」

「早かったな」

正式決定は明日になるだろうと言われていた。

「継友さまか？」

「いえ、紀州公に」

「なんだと」

これには虎之助も愕然となった。

「なぜなんだ？」

もしかしたら、あのとき間者をぶちのめし過ぎたかと、ちらりと思った。月光院のようなやさしいおなごは、荒ごとを嫌がるのである。それが継友への嫌悪につながったとしたら、虎之助にも責任はある。

「じつは尾州公が大奥を立ち去るとき、下駄の歯が擦り減っていたのを見て、こうおっしゃったのだそうです。下駄は、替え歯にできるものを履くようにすべきだな、と」

「ううっ」

「それを月光院さまにおっしゃったとか」

「………」

月光院は、もちろん大奥を去る運命にある。

だから、自分のことではなく、残される大奥の女たちを慮ったのだろう。

閉じ込められ、異性と触れ合うこともなく、一生をここで過ごさなければならない。せめて、うまいものを食べ、おしゃれを楽しむくらいの贅沢はさせてやりたい。

だが、こんなケチな男が大奥を支配したら……。

月光院はそう思ったに違いない。

あとは、月光院だけが言える台詞を言えばいいだけである。

「そういえば、亡き家継さまは、吉宗さまが……」と。

虎之助は身体から力が抜けていくのを止めることはできなかった。

八

享保元年（一七一六）七月十八日。

江戸城内は、熱気でむせ返るほどだった。

将軍就任の儀式が行われたのだ。

前日には、すでに吉宗の施策が前もって発表されていた。

「倹約ありき」

これが前面に押し出されていた。

――まさかあんな馬鹿が将軍になるとはな。

あの当時、夢にも思っていなかったのである。

だが、あいつのしつこさは、もう少し警戒すべきだったし、将軍になるのだったら、あんなにぼこぼこ殴らなければよかったと、後悔ひとしきりである。

「復讐しようとしますかね？」

隣にいた松浦篤信が訊いてきた。

「するさ。決まってるだろうが」

「一部では、意外にさっぱりした人柄と聞きましたが?」

「逆だ。あんなに執念深い、嫌な野郎はいないぞ」

儀式が終わり、大名たちがぞろぞろと、松の廊下を引き下がって行こうとしたときである。

「おい、やくざ!」

向こうの廊下で、吉宗が呼んだ。

その声に振り向いて、じいっと虎之助を見た大名たちは、百人ではきかない。

虎之助は、身を縮こまらせながら吉宗に近づき、

「上さま、そういう人聞きの悪いことは」

と、顔をしかめた。

「ほう。人聞きが悪いか?」

「わたしを知らない者が聞いたら、本気にするではありませんか」

「知っている者なら、やはりと思うだろうが」

「いやいや、ご冗談を。そもそもこの有馬めは、やくざなどからとっくに足を洗っ

ておりますぞ」

「ほう。有馬みたいな男が、やくざから抜けられるのか？」

吉宗は大げさに目を剝き、面白そうに言った。

「どうにか抜けましてございます」

「して、いまは？」

「大名の道を極めようと、日々、精進いたしております」

「あっはっは。大名の道を極めるとな。有馬は相変わらずわしを笑わせてくれるよな」

吉宗は、両手をぱしぱし叩きながら、心底面白そうに笑った。

虎之助は内心、

――笑わせてくれるだと？　泣いて助けてくれと頼んだのは、どこのどいつだった？

と思ったが、さすがにそれは言えない。

「恐れ入ります」

と、しらばくれた。

「有馬。わしがそっちの世界のことをなんにも知らないとでも思ってるのか?」

「どういう意味でしょう?」

「わしは、お前に脅されてから、やくざのこともずいぶん調べたりした」

「そうでしたか」

調べてわかるなら、誰も苦労はしない。

あらゆるものごとは調べても、ほんとうのところはわからない。やくざなら、自分がなるか、とことん脅されるかしてみて、やっとわかることである。

「やくざは、単なる世のなかのゴミではないこともわかった」

「そうなので?」

虎之助はゴミだと思っていた。武士よりはいくらかましなゴミ。将軍よりはだいぶましなゴミ。

「それどころか、寺や神社とも密接に関わっていると知った」

「祭りにやくざは付き物ですしね」

「武士の政がちゃんとしないうちは、やくざはなくならないとも思った」

「………」

武士にそれができるなら、やくざも自分からいなくなる。

「いろいろ調べるうちに、面白い男と知り合ってな」

「面白い男？」

「さよう。やくざでありながら、座頭でもある」

「…………」

なんだか、もの凄く嫌な予感がしてきた。

「わしは、その男に始終、揉み治療をさせながら、いろんな話をした」

「…………」

「あの者たちは、苦労しているだけあって、たいしたものだ」

「そうでしょうな」

「その男の名は、板鼻《いたはな》検校という。だが、通り名のほうが有名で、座頭勝」

「座頭勝……」

やはりそうだった。

「知っているか？」

「聞いたことがあるような、ないような」

首をかしげてとぼけた。

ちなみに、座頭勝は実在した人間である。

吉宗が盲人の揉み治療を好み、しばしば傍に呼んで身体を揉ませていたことは、よく知られている。

後に、その話を南町奉行根岸肥前守が、著書『耳袋』に記した。

「盲人、吉兆を感通すること」と題された記事は、次のようなものだった。


有徳院さま（吉宗の諡号《しごう》）がまだ紀州中納言にあらせられたころである。

お屋敷の物見台に座っていると、その下をつねづね揉み治療をしている座頭が通りかかった。座頭はふと立ち止まり、なにかの音に耳を傾けているふうだったが、そのうち引き返して、吉宗のいる物見台にやって来て、

「お殿さま。なにか、おめでたいことでもございましたか」

と、言った。

吉宗に思い当たることはなく、

「なぜ、そのようなことを？」

と、訊いた。

「ただいま、下を通りかかりますと、屋敷のなかから餅をつく音などがして、いかにもめでたいことがあったご様子。それならば、なにかおねだりしようと思いまして」

「はっはっは。生憎だな。べつになにもめでたいことなどない。餅もついておらぬし、そなたの気のせいじゃ」

吉宗は笑ってそう言った。

ところが、それからまもなく、吉宗は城の本丸からお呼びがかかり、八代将軍となることが決まったのだった。

この盲人の名は、板鼻検校。江戸城にもお供をすることになったという。

「有馬は江戸に何人の盲人がいるか、知っておるか？」

と、吉宗は訊いた。

「盲人の数ですか？　いや、考えたことはなかったです」

「わしは、座頭勝から聞いている。いま、江戸にはおよそ千人の盲人がいるのだ。

その多くは、揉み治療、鍼治療、あるいは平家語りなどの芸能ごと、数は少ないが盲人相撲の力士として働いておる」

「そうでしたか」

「盲人たちは、夜、目明きの者が歩きにくいのも気にせず、夜な夜な江戸の町に出て行くのだ」

「ははあ」

「おい、有馬。江戸の夜は、やくざのものだなんて思うなよ」

「はあ？」

「江戸の夜は、盲人たちのものなんだ」

虎之助の脳裏に、盲人たちが笛を吹きながら江戸の夜を歩くさまが思い浮かんだ。

それは、いままでは江戸らしい詩情溢れる光景だと思ってきた。

だが、その甘い考えは、以後、差し控えなければならないかもしれない。

「有馬。わしは約束はちゃんと覚えているからな」

「上さまとなにか約束いたしましたか？　いまも、お城と紀州には足を向けずに寝ております」

虎之助は、精一杯の世辞を言った。もっと面白いことを言いたかったが、いまはこれが精一杯である。

だが、吉宗は虎之助の肩に手を回し、嬉しそうにこう囁いたのだった。

「有馬。わしを舐めるなよ。お前の藩、お前の一家、そしてお前は、かならず、なぶり潰してやるからな」

この作品は書き下ろしです。

極道大名《ごくどうだいみょう》

風野真知雄《かぜのまちお》

平成29年9月15日　初版発行

発行人——石原正康
編集人——袖山満一子
発行所——株式会社幻冬舎
〒151-0051東京都渋谷区千駄ヶ谷4-9-7
電話　03(5411)6222(営業)
　　　03(5411)6211(編集)
　　振替00120-8-767643

印刷・製本—図書印刷株式会社

装丁者——高橋雅之

幻冬舎時代小説文庫

ISBN978-4-344-42648-1　C0193　　か-25-23